닥치는 대로 끌리는 대로
오직 재미있게
이동진 독서법

이동진 지음

위즈덤하우스

책,
그 모든 것에
대하여

◖◗ 책을 펼쳐 들면 순식간에 나만 남습니다. 사람으로 가득 찬 한낮의 카페 한가운데 좌석에서든, 시계 초침 소리만이 공간을 울리는 한밤의 방 한구석에 홀로 기대앉아서든, 모두 그렇습니다. 책을 읽는다는 것은 필연적으로 고독한 경험이지만, 그 고독은 감미롭습니다.

게다가 책을 읽을 때 그 고독은 사실 다른 고독과 느슨하게 연결되어 있습니다. 한 자 한 자 책을 쓰는 저자의 고독과 한 줄 한 줄 책을 읽는 독자의 고독 사이. 그 책을 읽는 나의 고독과 그 책을 읽는 너의 고독 사이. 물론 우리는 서로에게 결국 남입니다. 그러나 홀로 된 채 책을 읽고 쓰는 타인들이 느슨하게 서로 연결될 때, 그 끈은 세상의 다른 범주들과 달리 억압하지 않습니다. 그 작은 평화 속에 위엄이 있고 위안이 있습니다. 저는 그런 연대를 꿈꿉니다.

그동안 이런저런 자리에서 어떻게 책을 읽느냐는 질문을 많이 받아왔습니다. 저 역시 수십 년을 독자로 살아오면서 시행착오를 겪기도 했고 책 속에서 행복과 충만함을 느끼기도 했기에, 한 번쯤 제 나름대로 책을 읽고 소유하고 활용하는 방법을 정리해볼 필요가 있었습니다. 그리고 이 방식을 통해서 제가 꿈꾸는 연대를 조금 더 소개할 수 있기를 바랍니다.

이 책에서는 '책을 어떻게 읽어야 할까'라는 질문을 '책을 어떻게 사랑할 수 있을까'로 바꾸어서 그에 대한 제 생각을 전하려고 합니다. 결국 저의 독서의 역사는 바로 그렇게 책을 닥치는 대로 끌리는 대로 즐기면서 사랑하게 된 과정이었기 때문입니다.

1부에서는 책과 책 읽기에 대한 저의 다양한 생각들을 담았습니다. 혹시 '책을 읽어야 하는데…' 하는 가벼운 압박이나 부담을 가지고 계신 분들이라면 그저 가까운 곳에 있는 흥미로운 책을 펼치고 즐기는 것이 그 시작이라는 말씀을 드리고 싶었습니다.

2부에서는 이다혜 작가와 함께 나누었던 이야기를 담았습니다. 책에 대한 방송 「이동진의 빨간책방」을 진행하면서 많은 이야기를 함께 나눴기에 해박한 지식과 이해력에 대해 잘 알고 있었지만, 이 대화를 통해 새삼스럽게 이다혜 작가가 얼마나 책을 사랑하고 잘 아는 분인지 절실히 느낄 수 있었습니다. 이렇게 책을 좋아하는 사람과의 대화는 언제나 즐겁고 마치 재미있는 책을 또 한 권 읽는 느낌을 줍니다.

3부에서는 제가 가진 2만 3천여 권의 책 중에서 800권을 가려 제 나름대로의 추천도서 목록을 만들어보았습니다. 흔쾌히 권해드리고 싶은 책들이면서 동시에 저 스스로 흥미롭게 탐독했던 책들이기도 합니다. 당연히도 이것들은 '반드시 읽어야 할 책'이 아니기에, 제가 그랬듯, 그저 이끌리는 대로 즐겨주시면 좋겠습니다.

워낙 악필에 가까운 필체라서 사인을 요청받을 때면 그래도 뭔가 의미가 있는 글귀를 짧게라도 함께 적어드리려 노력하는 편입니다. 그동안 제가 낸 책마다 적어드리는 문장이 다 다른데, 그중 『밤은 책이다』에는 사인과 함께 "책이라는 ○○"이라고 써드리고 있습니다. '○○'에는 적당한 단어를 그때그때 떠오르는 대로 적는데, 예를 들면 이런 식입니다. 책이라는 날개, 책이라는 정원, 책이라는 계단, 책이라는 우산, 책이라는 외투, 책이라는 촛불. 책은 날개이고 정원이고 계단이고 우산이고 외투이고 촛불입니다. 책은 그 모든 것입니다. 오늘도 저는 책이라는 배를 타고 시간 속을 떠돕니다. 즐겁습니다.

2022년 5월

이동진

서문 책, 그 모든 것에 대하여 ◆ 10

1 **생각** **그럼에도 불구하고, 책**

실패한 독서가 ◆ 18

그런데 왜 책을 읽으세요? ◆ 21

세상에서 제일 재미있는 일 ◆ 25

넓이의 독서 ◆ 30

문학을 왜 읽어야 하나요? ◆ 34

꼭 완독해야 하나요? ◆ 38

반드시 읽어야 할 책은 없다 ◆ 43

지금 가장 가까이에 있는 책은 무엇입니까 ◆ 46

이토록 편하고 행복한 시간을 ◆ 49

읽고 쓰고 말하고 ◆ 53

무슨 책을 읽어야 할지 모르겠다면 ◆ 58

느리게 읽어도 상관없다 ◆ 61

책을 숭배하지 말아요 ◆ 65

한 번에 열 권 읽기 ◆ 68

때로는 도전도 필요하다 ◆ 72

나만의 서재, 나만의 전당 ◆ 75

책을 고르는 세 가지 방법 ◆ 80

그래서, 좋은 독서란 무엇일까 ◆ 84

차례

대화 **읽었고, 읽고, 읽을 것이다** with 이다혜 (작가, 『씨네21』 기자)

어린 시절의 책 읽기 ◆ 98

넓이의 탐색 ◆ 110

책에 대하여 이야기하기 ◆ 117

이야기의 특별함 ◆ 128

성공적인 실패 ◆ 136

습관이 행복한 사람 ◆ 143

두 세계의 교차 ◆ 154

읽는 것과 쓰는 것 ◆ 160

독자의 시작 ◆ 167

앞으로 써야 할 것들 ◆ 169

목록 **이동진 추천도서 800** ◆ 180

1

생각

그럼에도 불구하고, 책

실패한
독서가

많은 사람들이 궁금해하듯이 절대적인 독서의 비법은
따로 있는 것 같지는 않습니다. 적어도 저에게는 그렇습니다.
다만 상대적으로 책을 조금 더 많이 관심 있게 살펴보고 골라온 사람으로서,
조금 더 많이 읽어본 사람으로서 저만의 방법이 있습니다.

지금 제가 가지고 있는 책은 2만 3천여 권입니다. 방송이나 강연 등에서 가장 많이 받는 질문은 '그 책들을 다 읽었는가'입니다. 당연히 다 읽지 못했습니다. 매일 한 권씩 읽는다고 해도 1년 동안 읽을 수 있는 책은 365권에 불과합니다. 2만 3천 권의 책을 하루에 한 권씩 읽어치운다고 해도 약 63년이 걸립니다. 다 읽는 것은 불가능합니다.

저의 서재에는 물론 다 읽은 책도 상당하지만 끝까지 읽지 않은 것도 많습니다. 서문만 읽은 책도 있고 구입 후 한 번도 펼쳐보지 않은 책들도 있습니다. 그런데 저는 그것도 독서라고 생각합니다. 책을 사는 것, 서문만 읽는 것, 부분부분만 찾아 읽는 것, 그 모든 것이 독서라고 생각합니다.

저는 책을 많이 산 사람 중 하나인 동시에 책에 관한 한 많이 실패한 사람일 것입니다. 워낙 많이 샀기 때문에 그만큼 실패했던 경우도 많으니까요. 재미있을 것 같아서 산 책이지만 실제로 그렇지 않은 경우가 많았습니다. 더 이상 갖고 있을 이유가 없는 책들을 헌책방에 판 적도, 도서관에 기증한 적도, 다른 사람에게 준 적도 있습니다. 그런 시행착오가 괜한 것이었다고 생각하지 않습니다. 시간과 돈을 지불하기는 했지만 그런 과정을 거쳐서 나름대로 책을 고르는 법, 책을 읽는 법을 익혔다고 생각합니다. 그런데 많은 사람들이 궁금해하듯이 절대적인 독서의 비법은 따로 있는 것 같지는 않습니다. 적어도 저에게는 그렇습니다. 다만 상대적으로 책을 조금 더 많이 관심 있게 살펴보고 골라온 사람으로서, 조금 더 많이 읽어본 사람으로서 저만의 방법이 있습니다. 그것을 궁금해하시는 분들이 많기에 이야기해볼까 합니다.

'실패담'에서 얻은 교훈이 아마 조금은 도움이 되실지 모르겠습니다.

그런데
왜
책을 읽으세요?

'있어 보이고' 싶다는 것은 자신에게 '있지 않다'라는 걸 전제하고 있습니다.
'있는 것'이 아니라 '있지 않은 것'을 보이고 싶어 한다는 것은,
어떻게 보면 허영이죠. 요즘 식으로 말하면 허세일까요.
저는 지금이 허영조차도 필요한 시대라고 생각합니다.

◑◐ 궁금한 것이 생기면 바로 인터넷으로 검색하는 것은 더 이상 대단한 일은 아닙니다. 저 역시 필요할 때마다 구글링을 통해서 제가 알고 있는 것이 틀리지는 않았는지 확인해보기도 하고 필요한 내용을 수집하기도 합니다. 인터넷으로 정보를 얻는 것이 용이하고 빠르다는 점은 이제 굳이 강조하지 않아도 될 겁니다. 그런데 빠른 검색 결과로 나온 정보는 잘게 잘라진 것이고 그것을 감싸고 있는 문맥이나 전체적인 체계까지 파악할 수 없는 경우가 많습니다. 정보와 정보 사이에 존재하기 마련인 위계나 질서도 파악하기 어렵습니다. 이렇게 파편화된 정보에만 의지하게 되면 전체적으로 파악하는 통찰력이 부족할 수밖에 없습니다.

　20~30년 전까지만 해도 정보를 얻는 주요한 매체는 책이었습니다. 그리고 저는 지금도 책의 중요한 용도가 정보의 제공이라는 점은 여전하다고 생각합니다. 우선 책의 정보는 신뢰할 만하다는 게 큰 장점입니다. 인터넷으로 접하는 정보 중 조작되거나 잘못된 것을 일일이 다 거르기는 아주 어렵지요.

　게다가 책을 읽는 것이 정보 습득에 오히려 더 빠른 방법이라고 생각합니다. 인터넷의 정보는 상대적으로 파편화되어 있기 때문에 그것들을 체계적으로 정리하고 구성하는 데 더 시간이 걸립니다. 말하자면 미처 꿰지 못한 서 말의 구슬들인 거죠. 흔히 인터넷을 '정보의 바다'라고 하는데, 그렇기 때문에 내가 원하는 결과를 바로 얻는 것이 오히려 어려울 수도 있습니다. 그런 의미에서 깊이 있는 내용이 체계적으로 담겨 있는 책을 읽는 것이 역설적으로 정보를 얻는 더 빠른 방법일 수도 있다고 하겠습니다. 그 맥락과 위치를 아는 게 정보의 핵심인 경우가 적지 않기 때문입니다. 이것이 제가 첫 번째로 꼽는 책을 읽는 이유입니다.

또 왜 책을 읽어야 하는가라고 묻는다면 저는 자주 '있어보이니까'라고 농담처럼 답하기도 합니다. 엉뚱하게 들릴지도 모르겠지만 저는 이 이유가 매우 중요하다고 생각합니다.

'있어 보이고' 싶다는 것은 자신에게 '있지 않다'라는 걸 전제하고 있습니다. '있는 것'이 아니라 '있지 않은 것'을 보이고 싶어 한다는 것은, 어떻게 보면 허영이죠. 요즘 식으로 말하면 허세일까요. 저는 지금이 허영조차도 필요한 시대라고 생각합니다. 자신의 정신의 깊이와 부피가 어느 정도인지 알고 있고 그것을 채우기 위해 노력하는 것. 그래서 영화든 음악이든 책이든 즐기면서 그것으로 자신의 빈 부분을 메우기 위해 적극적으로 노력하는 것. 그것이 바로 지적 허영심일 거예요.

오늘날 많은 문화 향유자들의 특징은 허영심이 없다는 게 아닐까 생각하고는 합니다. 각자 본인의 취향에 강한 확신을 갖고 있고 그렇기 때문에 그 외 다른 것에 대해 무관심하거나 배타적이기까지 합니다. 그만큼 주체적이기도 하지만 뒤집어서 이야기하면 도약할 수 있는 가능성이 줄어든다고도 할 수 있겠죠. 그래서 저는 '있어 보이기 위해서' 책을 읽는 것, 지적인 허영심을 마음껏 표현하는 것이 매우 좋다고 이야기하고 싶습니다. 그리고 그런 이유로 책을 읽는다고 말하는 것을 지지합니다.

세상에서
제일
재미있는 일

책 한 권 읽은 것으로 독서의 재미가 바로 얻어지는 건 아니에요.

하지만 어느 단계에 올라가면 책만큼 재미있는 게 없어요.

그 재미가 한 번에, 단숨에 얻어지는 게 아니어서

더욱 의미가 있고 오래갈 수 있는 겁니다.

👓 다시 한번 누군가가 "이동진 씨, 왜 책을 읽으세요?"라고 묻는다면, 저는 이렇게 답을 합니다. "재미있으니까요." 사실 제게는 이게 가장 중요한 이유입니다.

정보를 얻기 위해 책을 읽기도 하고, 있어 보이기 위해 책을 읽기도 하지만 이 두 가지는 '목적 독서'입니다. 그러므로 그 목적이 사라지면 독서를 할 이유도 없어집니다. 지속적이지 않죠. 하지만 재미있으니까 책을 읽는다면 책 읽는 것 자체가 목적이니까 오래오래 즐길 수 있습니다.

이쯤에서 이렇게 이야기하는 사람이 있을 겁니다. 아니, 책을 읽는 게 뭐가 재미있어, 세상에 재미있는 게 얼마나 많은데 하면서 수십, 수백 가지 예를 댈 수 있을 겁니다. 물론 사람마다 재미있다고 말하는 기준은 다를 텐데요, 제 경우는 이렇습니다. 하루에 8시간씩 매일 할 수 있는 것이 무엇인가 생각해보면 딱 두 가지예요. 일과 독서. 저는 영화평론가이지만 영화를 매일 집중적으로 많이 보게 되면 일종의 체증이 생깁니다. 영화를 보는 제 일을 정말 좋아하지만 그래도 하루에 3편 이상 보기는 힘든 것 같아요. 하지만 저에게 책을 읽으라고 하면, 매일 12시간씩 한 달도 읽을 자신이 있어요. 그래도 전혀 질리지 않을 것 같습니다.

우리는 매일 하루 8시간 이상씩 일을 해야 하죠. 그게 불행이기도 하고 힘들기도 하지만 그래도 매일 반복해서 일을 할 수 있습니다. 하루 8시간씩 매일 할 수 있는 게 일밖에 없다는 사실은 참 역설적이기도 하죠. 여기에 저는 책 읽기도 더해서 매일 할 수 있다는 거예요. 재미있으면서 덜 지치는 일이니까요.

게임이 더 재미있지, 영화 보는 것이 더 재미있지, 책 읽는 게 뭐가 재미있냐고 말하는 사람이 있겠죠. 맞아요. 세상에는 재미있는 게 너무 많죠. 그런데 저는 재미의 진입 장벽이 다르다고 생각해요. 몸에 안 좋고 정신에 안 좋은 재미일수록 처음부터 재미있어요. 상대적으로 어떤 재미의 단계로 도달하기까지 시간이 많이 걸리거나, 재미라기보다는 고행 같고 공부 같은 것일수록 그 단계를 넘어서는 순간 신세계가 열리는 겁니다. 독서가 그러한데요, 책을 재미로 느끼기 위해서는 넘어야 하는 단위 시간이 있습니다.

화학에서 용액의 종류는 세 가지가 있어요. 불포화용액, 포화용액, 과포화용액이죠. 예를 들어 1리터의 물에 설탕을 100그램까지 녹일 때, 1그램을 녹이든 10그램을 녹이든 처음에는 보기에 차이가 없어요. 포화용액에 이르기 전까지 불포화용액일 때는 아무리 많이 녹여도 다 녹아버려서 겉에서 보기에는 하나도 안 보이는 거예요. 그런데 100그램에서 조금만 더한 후 유리병을 유리막대로 살짝 긁어주면 결정이 침전된단 말이에요. 그다음부터는 용질을 넣으면 그대로 다 가라앉게 돼요. 그게 과포화용액인 거죠. 책을 읽을 때의 효과는 말하자면 이런 것입니다. 어느 단계까지는 억지로 계속 책을 읽는 것 같은데 그 단계를 넘어서면, 넣는 족족 가라앉듯이 눈에 보이게 되는 거죠.

어떤 일이라는 건 어떤 단계에 가기까지 전혀 효과가 없는 듯 보여요. 하지만 그 단계를 넘어서면 효과가 확 드러나는 순간이 오죠. 양이 마침내 질로 전환되는 순간이라고 할까요. 그게 독서의 효능, 또는 독서의 재미라고 말할 수 있지 않을까 생각합니다. 책 한 권 읽은 것으로 독서의 재미가 바로 얻어지는 건 아니에요. 하지만 어느 단계에 올라가면 책만큼 재미있는 게 없어요. 그 재미가 한 번에, 단숨에 얻어지는 게 아니어서 더욱 의미가 있고 오래갈 수 있는 겁니다.

저는 호기심이 많은 인생이 즐거운 인생이라고 생각해요. 게다가 호기심이라는 건, 한 번에 하나가 충족되고 끝나는 게 아니라 방사형으로 퍼져나가는 속성을 갖고 있거든요. 한

가지 호기심이 충족되는 단계에서 너덧 가지로, 그다음에 또 더 많은 것으로 생겨나게 마련입니다. 책을 읽는다는 건, 그 지적인 호기심을 충족시키는 가장 편하고도 체계적인 방법이에요. 그러니 책을 좋아하고 책 읽는 습관을 가진 사람이라면, 책 한 권으로도 자신의 지적인 호기심을 채우는 것이 얼마나 즐거울까요.

넓이의
독서

깊이가 전문성이라면 넓이는 교양이라고 할 수 있습니다.

특히 지적인 영역에서 교양을 갖추지 않는다면 전문성도 가질 수 없죠.

사람들은 대체로 깊어지라고만 이야기하는데,

깊이를 갖추기 위한 넓이를 너무 등한시하는 것 같아요.

👓 2015년에 발표된 '국민 독서실태 조사' 결과를 보니, 1년간 1권 이상의 책을 읽는 사람의 비율은 성인 기준 65.3퍼센트라고 합니다. 또 성인의 연평균 독서량이 9.1권이고요. 참고로 2013년에는 각각 71.4퍼센트, 12.9권이었다고 합니다.

연평균 독서량이 생각보다 많다고 생각하실 수도 있고 적다고 생각하실 수도 있는데, 저는 사실 이 통계를 믿기 어렵습니다. 일단 9.1권이 안 될 것 같거든요. 독서량에 관한 한 조사 과정에서 모든 사람들이 정직하게 답하지는 않을 것 같기 때문입니다. 그런데 이것이 중요한 문제는 아니죠.

책을 무조건 많이 읽어야 되는 것은 아닙니다. 성인의 연평균 독서량이 20권쯤 된다고 해서 한국인의 독서 습관이 좋다고 말할 수도 없습니다. 더 중요한 것은 어떤 책을 읽느냐라고 생각해요. 책을 어떻게 고르고 읽느냐가 더 중요한 거죠. 책을 좋아하는 사람들 중에서 유독 소설만 읽는 사람들이 있습니다. 반대로 소설을 읽는 것은 시간 낭비라고 생각하고 역사서나 경제경영서만 읽는 사람도 있죠. 저는 이렇게 편중된 독서가 더 문제라고 생각합니다.

토마스 아퀴나스라는 중세 철학자가 이런 말을 했어요.

"세상에서 가장 위험한 사람은 단 한 권의 책을 읽은 사람이다."『독일인의 사랑』을 썼던 막스 뮐러는 "하나만 아는 자는 아무것도 알지 못하는 자이다"라고 말했어요.

우리가 어떤 것을 안다고 말하려면 그것의 범주를 알아야 합니다. 그것이 어디에 속해 있는지 그 맥락을 알아야 합니다. 또한 다른 것과 어떤 차이가 있는지를 알아야 그것을 안다고 할 수 있습니다. 범주와 맥락 그리고 차이를 알아야 비로소 그것을 안다고 할 수 있는데, 한 가지만 아는 사람이라면 다른 것과 비교를 할 수 없으니까 불가능하겠죠. 삶에는 수많은 가치가 있고 그것들 하나하나가 다 소중합니다. 하지만 단 하나만의 가치, 단 하나만의 잣대를 가진 사람은 굉장히 위험한 사람이지 않을까요. 편중된 독서라면 그 양이나 시간과 별개로 문제가 있다는 거죠.

어떻게 보면 바로 지금, 현대사회는 넓이가 중요합니다. 시간과 공간의 제한이 상당 부분 사라졌고요, 전지구적이고 다각적인 소통이 이루어지고 있죠. 당장 영국의 브렉시트 문제가, 미국의 정치상황이, 프랑스의 대통령 선거가 우리 삶에 구체적으로 영향을 주고 있으니까요. 이런 상황에서 한 가지만 알고자 한다는 것은 오히려 부족하고 위험하기도 합니다.

　많은 사람들이 전문성을 이야기하고 그 중요성도 높아집니다. 전문성이란 깊이를 갖추는 것이겠죠. 그런데 깊이의 전제는 넓이입니다. 그 반대는 성립하지 않아요. 넓이의 전제가 깊이는 아니거든요. 그러니까 깊이가 전문성이라면 넓이는 교양이라고 할 수 있습니다. 특히 지적인 영역에서 교양을 갖추지 않는다면 전문성도 가질 수 없죠. 사람들은 대체로 깊어지라고만 이야기하는데, 깊이를 갖추기 위한 넓이를 너무 등한시하는 것 같아요. 하지만 국경과 시간적 제약이 점점 무의미해지는 현대에는 넓이에 주목하는 게 더욱 중요해진다고 생각해요. 그리고 넓이를 갖추는 데 굉장히 적합한 활동이 바로 독서입니다.

문학을
왜
읽어야 하나요?

문학은 오랜 세월 말에 쌓여 있는 수많은 먼지 같은 것을 털어서
그 말의 고유한 의미나 다른 의미를 들여다보게 만듭니다.
이렇게 우리의 생각 자체이면서 표현 방식이기도 한 언어를
가장 예민하게 다루는 문학을 대체할 수 있는 건 없다고 봐요.

👓 가끔 "소설은 전혀 읽지 않아요"라고 말하는 사람들을 만납니다. 문학 자체에 흥미를 못 느껴서이기도 하고 소설을 읽는 것이 역사서나 경영서를 읽는 것보다 상대적으로 시간 낭비로까지 생각하는 이유도 있는 것 같습니다. 그런데 왜 문학을 읽어야 하냐고 묻는다면 저는 두 가지 때문이라고 말해요. 하나는 인간이 한 번밖에 못 살기 때문입니다.

인간이 천 번 만 번 다시 태어나서 산다면 다양한 삶을 경험해보겠지요. 하지만 인간은 한 번밖에 살 수 없어요. 그러니까 인생에서의 모든 것은 시연 없이 무대에 올라가서 딱 한 번 시행하는 연극이란 말이에요. 그런데 소설을 읽으면, 타인이라면 다양한 상황과 특정한 경우에 어떻게 행동하는지를 간접적으로나마 경험하게 해주고 감정을 이입하게 해줍니다. 인간의 실존적인 상황, 그 한계를 좀 더 체계적이고도 집중적인 설정 속에서 인식하게 하고 고민을 숙고하게 만들죠.

사람들은 상대적으로 간접 경험보다는 직접적인 경험이 더 중요하다고 말하는 경향이 있죠. 그런데 직접적인 경험이 불가능하기 때문에 간접적인 경험을 하는 것만은 아닙니다.

직접적인 경험보다 간접적인 경험이 더 핵심을 보게 하는 경우가 굉장히 많습니다.

우리가 인생에 대해서 어떻게 완벽하게 파악하고 예측할 수 있겠어요. 인생에는 변수가 정말 많거든요. 그런데 소설은 그런 변수들을 통제하고 정리해서 만들어낸 이야기잖아요. 그리고 그것이 관계에 대한 문제인지, 인간이 고독을 즐길 수 없는 무능력에 관한 문제인지, 과연 어떤 문제인지를 보게 해주죠. 그러니 우리는 직접적인 체험보다 책, 특히 소설을 통한 간접적인 체험으로 삶의 문제를 더욱 예리하게 생각할 계기를 갖게 됩니다. 미국에 갈 수 없기 때문에 미국에 관한 책을 읽는 게 아니라는 거죠. 미국에 직접 가보고도 알 수 없는 것들을 책을 통해서 알 수 있는 거죠.

문학을 읽어야 하는 이유를 하나 더 들자면, 문학은 언어를 예민하게 다루기 때문입니다. 언어는 너무나 중요합니다. 보통 언어는 도구라고 생각하지만 저는 도구가 아니라 생각 그 자체라고 말하고 싶어요.

말이라는 것은 자꾸 쓰다 보면, 특히 좋은 말일수록 먼지가 내려앉게 되어 있어요. 내가 정말 곡진하게 마음을 표현하기 위해서 '사랑해'라는 말을 하고 싶지만, 그 말은 워낙 감정적으로 강력하고도 유용한 말이기 때문에 상업적 이유를 포함해서 지나치게 과용되고 있죠. 심지어 114 전화안내원조차 한때 "사랑합니다, 고객님"이라고 시작하고는 했으니까요. 그러면 그 말을 진짜로 하고 싶어도 멈칫하게 되잖아요. 그런데 문학은 오랜 세월 말에 쌓여 있는 수많은 먼지 같은 것을 털어서 그 말의 고유한 의미나 다른 의미를 들여다보게 만듭니다. 이렇게 우리의 생각 자체이면서 표현 방식이기도 한 언어를 가장 예민하게 다루는 문학을 대체할 수 있는 건 없다고 봐요.

꼭
완독해야
하나요?

결국 책에 대해서 '끝까지' 책임을 지려고 하지 않아도 된다는 겁니다.

그럴 필요가 없어요. 미안해할 것도 아니고 부끄러울 일도 아닙니다.

다 읽지 못한 책을 책장에 꽂아둔다고 큰일 나지도 않고요.

굳이 완독하지 않아도 됩니다.

강연이나 방송 등에서 독서에 관한 질문을 받으면 제가 꼭 하는 이야기가 있습니다. "책은 꼭 끝까지 읽지 않아도 됩니다." 많은 사람들이 일단 책을 손에 잡으면 끝까지 읽어야 한다고, 즉 완독이 중요하다고 생각하시더군요. 책을 읽기로 마음먹기까지도 힘이 들었는데, 그 책을 다 읽지 않으면 안 된다고 스스로 다잡고 있다면, 얼마나 벅차겠어요. 그래서 거듭 말합니다. 완독하지 않아도 됩니다.

완독에 대한 부담감을 버리지 않으면 책을 읽을 수가 없습니다. 독서에서 가장 중요한 것은 '재미를 유지하는 것'입니다. 재미있어야 책을 읽을 수 있어요. '목적 독서'는 한계가 분명합니다. 사람은 사실 그렇게 의지가 강하지 않아서 목적만을 위해 행동할 수 없어요. 재미가 있어야 합니다. 책을 읽을 때도 그렇습니다.

재레드 다이아몬드의 『총, 균, 쇠』라는 유명한 책이 있습니다. 간단히 이야기하면 1만 3천 년의 인류 역사를 지리결정론으로 풀어낸 역작입니다. 당연히 분량도 방대하죠. 인류의 역사를 체계적으로 잘 정리한 좋은 책이기도 하지만 몇 년동안 '서울대 도서관 대출 1위 도서'라는 타이틀을 갖고 있기도 하고, 미디어에서 '필독서', '추천도서'로 오르내리기도 했습니다. 그러니 많은 사람들이 언젠가는 읽어봐야겠다고 도전의식을 갖게 되었죠. 하지만 평소 이런 빅히스토리에 관심이 없었거나 독서의 습관이 없다면 이 책이 쉽게 재미있게 읽히지 않을 겁니다. 아무리 노력해도 책장이 잘 안 넘어간다, 그런데 마침 평소에 책도 많이 읽고 좋아하는 선배가 『위대한 개츠비』가 재미있다고 이야기해준다면, 마침 영화로도 유명한 그 소설이 더 재미있어 보이고 읽고 싶어진다면, 과감하게 『총, 균, 쇠』를 덮고 『위대한 개츠비』를 잡아야 합니다. 구해서 읽어보는 거죠.

막상 『위대한 개츠비』를 조금 읽어보니 재미가 없을 수도 있죠. 1920년대 미국을 배경으로 하고 있기 때문에 그 시대에 대한 배경 지식이 없으면 약간 지루할 수도 있습니다. 예민하고 정밀한 묘사 방식에 숨이 좀 막힐 수도 있고요. 그러면 또 다른 책에 눈을 돌리고 집어 들어도 됩니다. 그리고 그 책이 쉽거나 재미있거나 자신에게 잘 맞아서 끝까지 다 읽었다면, 그다음에는 다시 『위대한 개츠비』로 돌아갈 수도 있고 또 다른 책을 집어 들어도 됩니다. 결국 책에 대해서 '끝까지' 책임을 지려고 하지 않아도 된다는 겁니다. 그럴 필요가 없어요. 미안해할 것도 아니고 부끄러울 일도 아닙니다. 다 읽지 못한 책을 책장에 꽂아둔다고 큰일 나지도 않고요. 버리시거나 헌책방, 중고서점에 팔거나 그 책을 좋아할 것 같은 사람에게 선물해도 좋겠지요. 그저 안 읽는다면, 흥미가 없다면 그 책을 포기하시면 됩니다. 굳이 완독하지 않아도 됩니다.

소설이 아닌 책들은 꼭 앞에서부터 차례로 읽을 필요가 없기도 합니다. 대부분의 비소설, 논픽션 분야의 책들은 챕터별로 독립적인 내용으로 구성되어 있기 때문에 차례를 보고 흥미가 생기는 부분부터 읽으셔도 돼요. 만약 앞부분이 어렵다면, 중간부터 읽으셔도 됩니다.

제가 굉장히 좋아하는 이야기가 있습니다. 박찬욱 감독의 딸이 중학생이던 시절에 학교에서 가훈을 붓글씨로 적어오라는 숙제를 내주었다고 해요. 우리 집 가훈이 뭐냐고 묻는 딸에게 박찬욱 감독이 '아님 말고'라고 했다죠. 정말 명쾌하고 좋은 말 아닌가요? '아님 말고'라는 태도를 가지고 있으면 정말 인생이 행복할 수 있어요. 내가 이것을 선택하지 않아도 된다면, '아님 말고'라는 태도만 갖게 되면 다른 사람 앞에서 당당해질 수도 있을 겁니다. 사실 삶에서는 절박한 상황 때문에 '아님 말고'를 외치기 어려울 때도 많습니다. 하지만 책을 읽을 때는 그렇지 않지요. 고개가 갸웃거려진다면 과감히 '아님 말고'라고 생각하라고 권하고 싶어요.

아무리 유명한 책이라고 해도, 아무리 다른 사람들이 '강추'한다고 해도 내가 읽을 때 재미가 없고 안 읽힌다면, '아님 말고'라고 생각하면 됩니다. 저는 인생에서 꼭 읽어야 하는 책은 없다고 생각하는 쪽입니다. 아무리 좋은 책이라고 99명이 권해도 한 명인 내가 거부할 수 있는 것입니다. 더 중요한 건 내가 책에서 흥미를 느껴야 한다는 거죠. 반드시 읽어야 하는 책은 없습니다. 반드시 끝까지 다 읽어야 하는 책은 없습니다.

반드시
읽어야 할 책은
없다

저는 인생이 책 한 권으로 바뀐다고 생각하지 않습니다.
또 다른 사람의 인생을 바꾼 책이 내 인생까지 바꿀 리도 없습니다.
그러니 인생의 숙제처럼 반드시 읽어야 하는 책은 없습니다.

◖◗ '내 인생을 바꾼 책'에 대한 원고 청탁이나 질문을 받으면 난감합니다. 저는 그 말이 이상하다고까지 생각합니다. 실제로 어떤 책이 한 사람의 인생을 바꾼 예가 없지는 않습니다. 그럴 때조차 그 책이 훌륭해서가 아니라 그 책을 읽을 때의 개인적인 경험과 관련 있을 겁니다. 저는 인생이 책 한 권으로 바뀐다고 생각하지 않습니다. 또 다른 사람의 인생을 바꾼 책이 내 인생까지 바꿀 리도 없습니다. 그러니 인생의 숙제처럼 반드시 읽어야 하는 책은 없습니다.

베스트셀러들도 물론 그렇습니다. 베스트셀러 순위에 오른 어떤 책들은 지금 많은 사람들이 무엇을 욕망하는지, 무엇이 결여되었다고 느끼는지를 직설적으로 보여줍니다. 이런 책들을 주로 읽는 사람들은, 책이라는 것을 돈이든 성격이든 관계든 삶에서 뭔가를 급하게 허겁지겁 욕망할 때 부족한 것을 채워주는 도깨비방망이로 생각하는 것일지도 모릅니다. 하지만 분명한 것은, 그렇게 책을 읽는다고 삶의 문제들이 즉각적으로 해결될 리가 없습니다. 그 책이 약속한 천국이나 금은보화는 현실에 없습니다.

세상에는 살면서 반드시 읽어야 하는 책과 읽어봤자 시간낭비만 되는 책이 따로 있는 게 아닙니다. 그저 내가 읽었더니 좋았던 책이 있고, 내가 읽어보았지만 좋지 않았던 책이 있으며, 내가 아직 펼쳐 들지 않은 책이 있을 뿐입니다. 세상은 넓고 내 손을 기다리는 좋은 책은 많습니다.

지금 가장
가까이에 있는 책은
무엇입니까

책을 읽을 시간을 정해둔다면 그 시간을 지키지 못하게 될
변수가 생기는 순간 독서는 미뤄집니다.
그러니까 아예 책을 들고 다니면서 시간이 나면
언제든 읽을 준비를 하고 있는 게 좋습니다.

●● 책이나 독서에 관한 강연을 가끔 합니다. 강연을 시작하면서 청중들에게 지금 가방에 책을 가지고 있는 분이 얼마나 되는지 물어보면 손을 드시는 분들은 절반도 안 되는 것 같아요. 생각보다 항상 책을 가지고 다니는 사람은 적은 편인 듯합니다.

대부분의 사람들이 스마트폰을 소유하고 있고 또 대부분이 항상 휴대하면서 수시로 확인합니다. 왜 사람들이 스마트폰을 그렇게 많이 들여다볼까요. 일단 볼 것도 할 것도 많죠. 메일이나 메시지 확인, 뉴스 검색, 게임 등등. 그런데 더 중요한 것은 늘 가지고 다니니까 늘 보게 된다는 겁니다. 무언가를 보기 위해서 휴대전화를 꺼내 드는 것이 아니라 휴대전화를 휴대하고 있으니까 습관적으로 열어보게 된다는 것이죠. 그러니 책을 들고 다닌다면 책을 많이 읽을 수밖에 없을 겁니다.

제일 좋은 것은 책을 가방에서도 꺼내서 손에 들고 다니는 겁니다. 그러면 심지어 있어 보이기도 하니까요. 손에 들고 있다면 엘리베이터를 기다리는 그 짧은 순간에도 책을 펼쳐 읽을 수 있게 됩니다. 엘리베이터를 타고 1층에서 15층까지 가는 시간이 얼마나 된다고, 그 시간에 읽어봤자라고 생각하겠지만 의외로 많이 읽을 수 있습니다. 또 잘 읽힙니다.

책은 이렇게 손에 들고 다니는 게 중요합니다. 또 손과 시선이 닿는 곳곳에 있어야 합니다. 대개 책들을 한곳에 모아서 정리하는 경향이 있습니다. 그러지 말고 집 안에서도 여기저기에 책을 두어야 합니다. 거실 소파 옆 사이드테이블 위에도, 식탁 위에도, 침대 옆이나 화장실에도 그야말로 책을 '뿌려두는 것'입니다. 그리고 어느 때든 책을 집어 들고 펴보면 됩니다. 텔레비전을 보다가 재미가 없어서 껐는데 옆에 책이 보인다면, 그걸 넘겨보게 되지 않을까요?

저의 책 읽는 습관 중 하나는 시간이 나면 닥치는 대로 읽는다는 겁니다. 책을 읽을 시간을 정해둔다면 그 시간을 지키지 못하게 될 변수가 생기는 순간 독서는 미뤄집니다. 그러니까 아예 책을 들고 다니면서 시간이 나면 언제든 읽을 준비를 하고 있는 게 좋습니다.

책을 읽어야 하는데, 많이 읽고 싶은데, 하고 생각하신다면, 가방 안에 책이 있는지 또 지금 가장 가까운 곳에 책을 두고 있는지 한번 살펴보세요. 그것부터 시작입니다.

이토록
편하고 행복한
시간을

자신에게 맞는, 책을 읽는 환경이나 상황, 공간이나 시간을
갖고 있으면 좋습니다. 내가 언제 책을 읽었을 때 재미있었는지,
언제 어떻게 책을 읽을 때 스스로 뿌듯했는지를 생각해보세요.
그리고 다시 그 경험을 연출해보는 거죠.

👓 누구나 특별히 돈을 아끼지 않고 즐기고 향유하는 무언가가 있습니다. 어떤 사람은 좋아하는 뮤지컬을 여러 번 반복해서 보기도 하고요, 피규어 수집에 열중하는 사람도 있죠. 바이크를 타거나 명상을 즐기기도 합니다. 여가 시간을 활용하거나 일상의 스트레스를 해소하는 것이라고 말할 수도 있겠지만 좀 다르게 말하자면 이런 행위는 스스로를 기분 좋게 만드는 자신만의 허영이자 사치이기도 할 거예요. 돈과 시간과 노력을 꾸준하게 투자하면서 상대적으로 삶을 능숙하게 잘 살아내는 방법인 것이죠. 그것이 책 읽기일 수도 있을 겁니다.

책 읽는 것을 좋아하는 사람들은 모두 자신이 좋아하고 잘 맞는 독서 환경을 알고 있습니다. 각자에게 책이 가장 잘 읽히는 기분 좋은 장소나 상황이 있는 겁니다. 예를 들어 책상 앞에 정자세로 앉아서 독서대에 책을 세워두고 읽는 사람도 있습니다. 아니면 스탠드를 켜놓고 침대에 누워 책을 펴는 사람도 있습니다. 책을 읽는 자신만의 의식을 치르는 거죠. 이런 식으로 자신이 만족스러운 공간과 상황 속에서 책을 읽으라고 권하고 싶습니다.

저의 경우는 욕조입니다. 아주 오래전부터 그러니까 욕조가 있는 집에서 살게 된 이후 쭉 그렇게 욕조 안에서 책을 읽어왔어요. 그래서 이사 갈 때 중요한 조건 중 하나가 욕조가 있는 집인가 하는 점입니다. 대개 반신욕을 하면서 책을 읽나 보다 하는데요, 저는 물에 목까지 담그고 팔도 상당 부분 물에 넣은 채 책을 들고 읽습니다. 책이 젖을까 걱정하는 사람도 있는데 나름대로 방법이 있어서 물에 적시지 않고 잘 읽습니다.

물을 적당한 온도로 맞춰놓고 그 안에 들어가서 책을 읽으면 굉장히 편해져요. 짧으면 두 시간, 길게 있으면 일고여덟 시간까지 욕조에서 책을 읽어요. 이렇게 책을 읽는 건, 저한테는 일종의 사치인 겁니다. 왜냐하면 그렇게 시간을 내기가 힘드니까요. 그래서 시간의 여유가 있다면 저는 거의 욕조에 들어갑니다. 그렇게 욕조에 들어가면 책을 읽겠다는 뜻이니까요.

저는 약속 장소에 예정보다 일찍 도착했을 때 차에서 내리지 않고 그대로 안에서 음악 틀어놓고 책 읽는 것도 좋아합니다. 그 시간은 보통 짧아요. 10분에서 30분 정도겠죠. 그런데 그 시간이 정말 좋아요. 그러고 보면 제가 책 읽기 좋아하는 욕조와 차에는 공통점이 있는 것 같습니다. 무엇에게도 방해받지 않고 오롯이 혼자 있을 수 있는 좁은 공간에 들어가서 읽는 걸 즐기는 거죠.

저와는 반대로 어떤 사람은 책을 읽을 때 채광이 좋은 카페의 창가를 좋아할 수도 있습니다. 적당히 넓은 공간, 백색소음이 그 사람에게 책을 읽는 최적의 환경인 겁니다. 이런 식으로 자신에게 맞는, 책을 읽는 환경이나 상황, 공간이나 시간을 갖고 있으면 좋습니다. 내가 언제 책을 읽었을 때 재미있었는지, 언제 어떻게 책을 읽을 때 스스로 뿌듯했는지를 생각해보세요. 그리고 다시 그 경험을 연출해보는 거죠.

사실 어느 단계까지는 책 읽는 게 힘들지 않겠습니까. 그 힘든 것을 조금 상쇄하기 위해서 약간의 노력이 필요합니다. 이것이 반복되면 그 상황을 즐기게 되고 그것은 습관이 됩니다. 습관적으로 만드는 편안하고 행복한 시간의 책 읽기, 더 바랄 게 있을까요.

읽고
쓰고
말하고

책을 읽은 후 우리는 그냥 뭉뚱그려진 감정과 생각의 덩어리를 갖고 있을 뿐입니다. 그것을 글이나 말의 형태로 옮기지 않는 한 생각은 제대로 위력을 발휘할 수 없는 것입니다. 결국 기억하기 위해서라도, 또 표현하기 위해서라도 말하고 쓰는 것이 중요합니다.

👓 책을 열심히 다 읽고 났는데, 며칠만 지나도 내용이 기억나지 않는다고 고민하는 분들이 많더군요. 너무나 당연한 일이에요. 또 책을 읽고 난 후 그것에 대한 자신의 생각과 감상을 잘 정리하고 싶고 표현하고 싶은데 어렵다고 하는 분들도 있죠.

　　우선, 책을 읽고 나서 그 내용이 기억나지 않아도 괜찮다고 말씀드리고 싶어요. 어떻게 내가 읽은 책 내용을 모두 다 기억하겠어요. 머릿속에 모든 정보를 저장하는 것도 불가능합니다. 우리는 기본적으로 생각하는 법, 세상을 대하는 법을 배우기 위해 책을 읽는 것이지 그 구체적인 내용을 일일이 기억하기 위해 책을 읽는 건 아닙니다. 그럼에도 이왕 읽은 책, 인상적인 것들을 기억해두고 싶다면, 눈뿐만 아니라 입과 귀와 손을 함께 사용해서 책을 읽으면 좋겠지요.

　　저는 자주 뇌가 손끝에 있다고 비유합니다. 또 뇌가 입에도 있다고 말합니다. 시험공부 할 때를 떠올려보세요. 책에 동그라미도 치고 밑줄도 긋고 입으로 중얼중얼 읽으면서 암기하지 않았나요? 눈으로만 보고 외울 때와 소리를 내면서 읽으며 외우는 것의 차이는 큽니다. 써보는 것도 마찬가지죠. 기억하기 위해서는 말하고 쓰는 게 굉장히 중요합니다.

우리의 생각이라는 것은 기본적으로 언어로 구조화되어 있습니다. 철학에서도 그렇고 뇌생리학에서도 그렇게 설명합니다. 책을 읽은 후 우리는 그냥 뭉뚱그려진 감정과 생각의 덩어리를 갖고 있을 뿐입니다. 그것을 글이나 말의 형태로 옮기지 않는 한 생각은 제대로 위력을 발휘할 수 없는 것입니다. 결국 기억하기 위해서라도, 또 표현하기 위해서라도 말하고 쓰는 것이 중요합니다.

책을 읽고 난 후 140자도 좋고 단 두세 줄도 좋으니 자신의 느낌을 글로 써보는 겁니다. 여유가 있다면 블로그나 SNS나 인터넷서점 리뷰로 길게도 써보는 겁니다. 쓰다 보면 다르게 말하는 법, 다르게 쓰는 법, 다르게 이해하는 법을 스스로 알게 됩니다. 자꾸 쓰다 보면 글은 스스로 제 길을 찾아가도록 되어 있거든요. 그런데 짧든 길든 글을 쓴다는 게 쉽지 않죠. 그러면 내가 읽은 책에 대해서 말하는 것을 들어줄 사람이 있으면 좋습니다. 줄리언 반스의 소설 『예감은 틀리지 않는다』를 정말 재미있게 읽었다면 친구에게 자, 들어봐, 하면서 이야기해보는 겁니다. 일단 글이나 말로 기록하거나 표현하고 싶은 마음이 저절로 생겨나는 책이라면 정말 좋은 책입니다. 그 책에 대해서 글과 말로 기록하고 표현한다면 기억도 오래가고 읽고 나서 더 많은 생각도 하게 됩니다.

책에 관한 이야기를 나눌 수 있는 친구나 대상은 독서를 습관화하는 데 큰 도움이 됩니다. 운동도 같이 하는 사람이 있으면 자극이 되고 덜 지루하잖아요. 독서 역시 그렇습니다. 또 자신이 느끼고 얻은 것과 다른 관점을 접하게 되면서 독서 체험이 확장될 수밖에 없습니다. 그런데 그런 대화를 나눌 사람이 주위에 없다고 이야기할 수도 있죠. 제가 생각하기에 지금은 상대적으로 책에 관한 이야기를 나눌 사람을 찾기가 더 쉬운 것 같아요. 꼭 지인이 아니어도, 꼭 대면하지 않아도 온라인상에서 대화를 나누는 것이 더 편할 수도 있습니다. 얼마 전에 '오이를 싫어하는 사람들의 모임'이 만들어져서 폭발적인 반응을 얻었다는 기사를 보고 재미있었는데요, 그렇게 공통의 관심사나 취향을 나눌 방법은 많이 있습니다. 제가 진행했던 팟캐스트 「이동진의 빨간책방」도 그 역할을 해주었죠. 온·오프에서의 다양한 북클럽도 도움이 될 것 같습니다.

책을 읽고 난 후 느낌과 의견을 대화로 할 것이냐 글로 쓸 것이냐 묻는다면 저는 글로 쓰는 것이 낫다고 생각합니다. 말은 즉흥성이 강한 편이기 때문이고요, 또 앞서 이야기한 것처럼 글로 쓸 때 생각이 더 정제되기 때문입니다. 글을 쓰다 보면 분석적으로 될 수밖에 없고 자기 감정도 잘 표현하게 됩니다. 하지만 말이나 대화의 장점도 크지요. 글로 쓰자고 하면 노트를 펴거나 컴퓨터를 켜야 하고 시간도 따로 내야 하는데 말은 굳이 그러지 않아도 되니까요.

어쨌든 책을 읽고 난 후 말을 하거나 쓰면서 생각과 느낌을 정리하는 것이 중요합니다. 그것이 독서 체험을 확장시키고 더 나은 독서로 이끕니다.

무슨 책을
읽어야 할지
모르겠다면

좋은 책을 추천해줄 사람이 가까이에 있다면 그것은 행운이겠죠.

그런데 책을 읽고 나서 같이 이야기할 사람과 마찬가지로

책을 추천해줄 사람을 찾는 것은 쉽지 않습니다.

그러므로 다양한 매체와 온라인을 활용해야 합니다.

우리나라에서 한 해 출간되는 신간이 6만 종이 넘는다고 합니다. 어마어마한데 그중에서 자신이 읽을 책을 골라내는 것은 어려운 일일 겁니다. 그래서 어떤 책을 읽어야 할지 모르겠다는 이야기를 많이 듣습니다. 저의 경우는 인터넷서점에 자주 들어갑니다. 그리고 제가 좋아하고 관심 있는 분야, 그러니까 문학, 예술, 인문 카테고리에서 새로 나온 책들을 쭉 봅니다. 우선 제목과 간단한 소개를 보고 관심이 생기면 클릭해서 들어갑니다. 인터넷서점에 등록된 거의 모든 책에는 출판사의 보도자료나 책 소개 글이 나옵니다. 그것을 살펴보고 읽고 싶은 책들을 구입합니다. 시간이 나면 오프라인 서점을 한가롭게 거닐면서 손길과 눈길이 이끌리는 대로 책을 집어 들기도 합니다.

책을 고르고 선택하는 자신만의 기준이 아직 갖춰져 있지 않다면, 적극적으로 도움을 받으면 좋습니다. 좋은 책을 추천해줄 사람이 가까이에 있다면 그것은 행운이겠죠. 그런데 책을 읽고 나서 같이 이야기할 사람과 마찬가지로 책을 추천해줄 사람을 찾는 것은 쉽지 않습니다. 그러므로 다양한 매체와 온라인을 활용해야 합니다.

주요 일간지들은 대체로 주말판 '북 섹션'을 통해서 신간들을 소개합니다. 책과 출판에 관한 간행물들, 리뷰 전문 잡지들도 있습니다. 이런 매체들은 나름대로 신중하고 전문적으로 수많은 책들을 소개하고 있기 때문에 정기적으로 꾸준하게 따라 읽다 보면 책을 고르는 데 도움이 될 겁니다.

온라인에는 인기 많은 블로그들도 있고 책 관련 방송들도 있으니 자신에게 맞는 것을 찾아봐도 좋지요. 하지만 이런 경우는 다소 취향을 타는 점을 고려할 필요가 있습니다.

저는 솔직히 책을 좋아하기 시작했을 무렵에 책에 관한 멘토가 없었습니다. 그래서 시행착오를 많이 겪었다고도 할 수 있는데 그것이 저를 상대적으로 강하게 만들기도 했고 시간을 낭비하게도 만들었겠지요.

느리게 읽어도
상관없다

세상에는 시간이 오래 걸리는 것들이 있습니다.
시간이 오래 걸리는 것들은 대부분 오래 걸리는 시간 자체가 그 핵심입니다.
책이 우리에게 진정으로 도움이 되는 것은 책과의 만남,
그 글을 쓴 저자와의 소통, 또 책을 읽는 나 자신과의 대화입니다.

👓 우리나라에서 속독법이 유행한 시절이 있습니다. 저는 책 읽기에 본격적으로 흥미를 느낀 게 초등학교 고학년 때인데요, 중학교에 가니까 세상에 읽고 싶은 책이 너무 많은 거예요. 그런데 공부도 해야 하고 숙제도 많고 시간이 없었죠. 읽고 싶은 책을 다 읽어야겠다는 강박이 있어서 속독법을 배우고 싶어졌습니다. 당시에는 동네마다 속독학원이 있을 정도였는데 저는 사정상 학원은 못 다녔고 그 대신 속독법 책을 사서 혼자 익혔어요. 속독법이라는 게 지금 생각해보면 정말 말이 안 되기도 하는데, 동그라미와 점들로 일종의 눈 훈련을 하는 것이에요. 그때는 어린 마음에 정말 책이 빨리 읽히는 것 같은 착각을 하기도 했지만요.

외국에서도 속독법이 인기가 있었는데 우디 앨런이 속독법을 배웠다고 해요. 우디 앨런은 속독법을 배우고 나서 톨스토이의 『전쟁과 평화』 읽기에 도전합니다. 『전쟁과 평화』는 잘 아시다시피 엄청난 대작이죠. 우리나라에 번역된 것으로도 2,000페이지 정도 될 거예요. 문학연구자에 따르면 소설에 나오는 인명이 559명이라고 하니까요. 우디 앨런은 『전쟁과 평화』를 두 시간 만에 읽게 해준다는 속독법 광고를 보고 그 방식을 익혔답니다. 그리고 정말 두 시간 만에 『전쟁과 평화』를 다 읽고 나서 농담 삼아 이렇게 말했습니다. "그래서 그 책 내용이 뭐냐고? 러시아 사람들에 대한 이야기다." 500명이 넘는 사람들이 등장하는 이 대작을 읽고 나서 결국 하는 이야기가 정말로 "러시아 사람들에 대한 이야기다"뿐이라면 되물을 수밖에 없습니다. 그렇게 그 책을 빨리 읽는 것이 무슨 의미가 있는 걸까요. 책을 읽으면서 책 진도가 빨리 안 나간다고 초조해하기도 하는데요, 이렇게 생각할 수 있습니다. 진도가 빠르냐 아니냐는 중요하지 않습니다. 그리고 좋은 책일수록 진도가 빠르게 나가지 않을 확률이 높습니다.

학습에서는 진도라는 게 중요할 수 있죠. 그 단계를 넘어야 다음 단계로 진입하면서 심화 학습을 할 수 있으니까요. 하지만 책을 읽을 때는 다릅니다. 책을 읽는 목적은 책의 마지막까지 내달려서 그 끝에 있는 무언가를 얻어내는 데 있지 않습니다. 책장을 한 장 한 장 넘기는 데 걸리는 시간, 그 과정에 있는 겁니다.

책을 빨리 읽어버리려면 중간에 덮으면 안 되겠지요. 그래야 책 한 권을 다 읽는 속도를 높일 수 있겠죠. 그런데 저는 책 읽는 중간중간에 잠시 멈추는 것, 그것도 독서 행위이고, 더 나아가서 그것이 좋은 독서라고 생각합니다. 글을 읽다가 떠오른 생각에 집중하기 위해서, 그것을 넓혀나가기 위해서 또는 스스로 소화하기 위해서 책을 덮는 시간이 필요합니다. 그런 과정을 억지로 참아가면서 몇 시간 안에 이 책을 독파해버리겠다는 생각으로 책을 읽는 것은 참 미욱한 짓입니다.

세상에는 시간이 오래 걸리는 것들이 있습니다. 빠르게 완료하지 못할 일들이 있습니다. 그런데 시간이 오래 걸리는 것들은 대부분 오래 걸리는 시간 자체가 그 핵심입니다. 책이 우리에게 진정으로 도움이 되는 것은 책과의 만남, 그 글을 쓴 저자와의 소통, 또 책을 읽는 나 자신과의 대화입니다. 그것이 중요합니다. 그것은 시간이 오래 걸릴 수밖에 없는 일입니다. 그 시간을 아까워하며 줄이려고 해서는 안 됩니다.

다시 한번 무엇을 위해서 책을 읽는가 생각해봅니다. 독서 행위의 목적은 결국 그 책을 읽는 바로 그 시간을 위한 것이 아닐까요. 그 책을 다 읽고 난 순간을 위한 것이 아닙니다. 독서를 할 때 우리가 선택한 것은 바로 그 책을 읽고 있는 그 긴 시간인 것입니다.

책을
숭배하지
말아요

무엇을 숭배한다면, 그것을 온전히 즐기기 어렵습니다.
책이란 정말 대단해, 하면서 우러러본다면 책 읽기를 어떻게 즐길 수 있을까요.
저는 책이란, 늘 가까이 두고 언제나 펴보고 아끼지 않고 읽고
그러다가 읽기 싫으면 집어 던져도 된다고 생각합니다.

👓 책을 잘 안 읽는 사람일수록 책을 모셔둡니다. 저는 오히려 적극적으로 책을 '하대'하라고 말하고 싶어요. 인쇄된 종이를 묶은 그 자체가 책이 아닙니다. 책 안의 활자에 담긴 의미들 그리고 그 사이의 침묵들이 바로 책입니다. 그러니까 내 눈앞의 이 물리적인 종이 모음집은 마음대로 다루어도 됩니다. 숭배하지 말아야 합니다.

심지어 책은 찢어도 됩니다. 몇 년 전, 전경린 작가의 『내 생에 꼭 하루뿐일 특별한 날』을 읽다가 어떤 구절이 너무 마음에 들었습니다. 그런데 메모할 형편이 안 되어서 그 페이지를 찢어서 갖고 다닌 적도 있어요.

책장을 찢는 것은 조금 극단적이지만, 책을 깨끗이 읽으려고 하기보다는 적극적으로 메모하면서 읽으면 더 좋습니다. 모든 책에는 여백이 있습니다. 메모하기에 정말 좋죠. 밑줄도 막 그으면서 읽는 겁니다. 저도 예전에는 밑줄이나 메모를 잘 안 했고 하더라도 나중에 지울 수 있는 연필만 썼는데 지금은 안 그래요. 책을 깨끗하게 읽는 것이 결코 좋은 독서가 아니라는 걸 알게 되었기 때문입니다.

메모하면서 책을 읽으면 독서가 깊어집니다. 눈으로만 읽는 게 아니라 줄을 치고 표시를 하고 생각을 쓰는 겁니다. 이렇게 읽으면 앞서 이야기한 것처럼 기억에도 도움이 되고 사고가 확장되기도 합니다. 따로 노트나 메모장을 마련해서 적는 사람도 있는데, 그것도 또 부담스러운 일이 됩니다. 그냥 읽으면서 바로바로 책에 쓰고 표시하는 게 가장 효율적입니다.

저는 책을 읽으면서 중요하다고 생각되는 부분이나 좋은 문장에 동그라미를 많이 칩니다. 그 행위 자체는 읽는 순간에 내 기억을 강화해주는 효과가 있어요. 시간이 지난 후 혹시 그 책을 어떤 이유로 다시 읽어야 할 때, 내가 동그라미 쳐놓은 부분만 읽으면 됩니다. 만약 더 중요한 내용이라고 생각하면 그 옆에 브이 자로 표시해둡니다. 동그라미와 브이 자가 동시에 표시된 부분은 그 책에서 가장 중요한 내용인 거죠. 이렇게 책을 적극적으로 활용하는 게 좋습니다.

무엇을 숭배한다면, 그것을 온전히 즐기기 어렵습니다. 책이란 정말 대단해, 하면서 우러러본다면 책 읽기를 어떻게 즐길 수 있을까요. 저는 책이란, 늘 가까이 두고 언제나 펴보고 아끼지 않고 읽고 그러다가 읽기 싫으면 집어 던져도 된다고 생각합니다. 그것이야말로 즐겁게 책 읽기를 할 수 있는 태도라고 믿습니다.

한 번에
열 권 읽기

이 책들을 다 읽으려면 시간이 오래 걸리겠죠.
한 달이 걸릴 수도 있고 몇 달이 걸릴 수도 있어요.
하지만 책을 빨리 읽어야 한다, 기억해야 한다는
강박이 없으면 괜찮습니다. 책만 재미있으면 되는 거죠.

👓 『오두막』(윌리엄 폴 영), 『감각의 제국』(문강형준), 『나를 보는 당신을 바라보았다』(김혜리), 『사랑의 생애』(이승우), 『스페이스 크로니클』(닐 디그래스 타이슨), 『모던 팝 스토리』(밥 스탠리), 『나는 에이지즘에 반대한다』(애슈턴 애플화이트), 『온』(안미옥), 『영국 남자의 문제』(하워드 제이콥슨), 『존재의 수학』(루돌프 타슈너), 『국기에 그려진 세계사』(김유석).

지금 현재 제가 읽고 있는 책들입니다. 시집인 『온』은 아무 때나 볼 수 있게 가지고 다니고 있고, 차에 있는 책은 『나는 에이지즘에 반대한다』와 『감각의 제국』입니다. 가방 안에는 『스페이스 크로니클』이 있고요, 사무실에서 읽는 책은 『존재의 수학』이고, 나머지 책들은 집 안 여기저기에 두고 읽고 있습니다. 저는 이렇게 동시에 다양한 분야의 책 여러 권을 읽고 있습니다.

이건 누구한테 배운 것도 아니고 제가 자연스럽게 갖게 된 스타일인데, 보고 싶은 책은 너무 많고 읽을 수 있는 시간은 충분하지 않기 때문에 나름대로 고육지책으로 갖게 된 습관입니다. 그런데 오랫동안 이렇게 읽으면서 몸에 배니 장점이 많습니다. 첫 번째는 다양한 분야의 책을 여러 권씩 늘어놓고 읽게 되면 책에 대한 흥미가 떨어지지 않습니다.『이기적 유전자』가 좀 어렵고 지겨워지면 잠깐 덮고『인 콜드 블러드』를 읽을 수 있습니다. 책들이 놓여 있는 곳이 다르기 때문에 그곳을 가면 거기 있는 책을 읽는 거예요. 물론 이 책들을 다 읽으려면 시간이 오래 걸리겠죠. 한 달이 걸릴 수도 있고 몇 달이 걸릴 수도 있어요. 하지만 책을 빨리 읽어야 한다, 기억해야 한다는 강박이 없으면 괜찮습니다. 책만 재미있으면 되는 거죠.

또한 서로 다른 분야의 책들을 읽으면 상승효과를 일으켜서 좋습니다. 예를 들어서 내가 진화심리학에 흥미가 있으니까 그에 관한 책 열 권을 두고 읽으면 진화심리학을 체계적으로 파고들어 정말 좋을 것 같잖아요. 저의 경험으로는 그것보다는 진화심리학과 역사에 관한 책, 지리에 관한 책을 동시에 읽으면 그것들이 서로 상승작용을 일으키는데 그게 뇌에 자극을 주기에 더 좋은 것 같습니다. 영화평론가 입장에서 저에게 가장 도움이 되는 책은 영화에 관한 게 아닙니다. 오히려 문학, 교양과학책들이 도움이 많이 됩니다.

한 가지 팁을 더 드리자면, 책과 책을 읽을 때, 공통점보다는 차이점에 주목하는 게 좋습니다. 진화심리학을 예로 들어

볼까요. 만약 진화심리학에 대해서 한번 알아보고 싶다면 데이비드 버스의 책으로 시작하면 좋습니다. 진화심리학을 개척한 것으로 평가받고 있고 또 책들이 대체로 쉽고 재미있습니다. 데이비드 버스의 책을 다 읽은 다음에는 헬렌 피셔의 책을 읽어보는 겁니다. 이 둘은 전체적으로 비슷한 주제를 다루기도 하지만 부분적으로 매우 상이한 면도 있습니다. 서로 다른 부분은 지적으로도 더 자극이 되고 만약 겹치는 내용이 있다면 그건 중요한 핵심이라는 뜻도 되지요. 문학 분야가 아닌 경우에는 이런 식으로 한 사람의 저서를 집중적으로 읽는 것보다는 유사한 스펙트럼에 있는 다른 사람의 책을 비교하면서 읽는 게 더 좋다고 생각합니다.

나중에 저처럼 동시에 여러 분야의 책을 읽는 방법을 '초병렬 독서법'이라고 한다는 걸 알게 되었는데 명칭이 중요한 것은 아니겠죠. 그리고 모든 사람이 저와 같은 방법으로 책을 읽어야 한다는 것도 아닙니다. 누군가는 한 번에 한 권을 집중해서 읽는 것이 더 맞을 거예요. 그것이 무엇이든 자기한테 맞는 독서법을 갖는 것이 중요합니다. 그 이야기는 독서가 습관이 되었다는 뜻이니까요.

때로는
도전도
필요하다

독서를 즐기는 것과 어려운 책에 도전하는 것은 전혀 다른 이야기가 아닙니다.
어려운 책을 통해 지적인 성취감을 얻는 동시에 독서력에도 도움을 받는다면
그다음에 다른 책을 훨씬 더 즐겁게 읽을 수 있거든요.

👓 '독서력' 그러니까 책을 읽는 능력이라는 것이 없지는 않습니다. 책을 읽는 데에도 근력과 경험이 필요하고 그것은 습관과 시간으로 길러집니다. 이 독서력을 굳이 그래 프로 표현하자면 포물선이 아니라 계단식이라고 생각합니다. 서서히 올라간다기보다는 단계가 있는 거죠. 그리고 단계를 올리는 계기는 어려운 책을 읽어낸 경험일 확률이 높습니다.

저는 어려운 책에 도전해서 읽어본 적이 있습니다. 학술적인 분야는 말할 것도 없고 문학의 경우에서도 그런 일이 있었습니다. 대학교 1학년 때 토마스 만의 『마의 산』을 읽기 시작했는데, 그전에도 또래 친구들에 비해서 문학을 좋아하고 많이 읽었다고 생각했지만 이 소설은 정말 진도가 잘 나가지 않았습니다. 그래도 끝까지 다 읽고 나니 독일 소설 특유의 묵직한 맛이나 토마스 만이라는 작가의 위대함을 조금은 알수 있었습니다. 제임스 조이스의 『율리시즈』도 그랬습니다. 대학 3학년 때인가 큰마음 먹고 도전했는데, 사실 완벽하게 즐기지는 못했어요. 지금 생각해봐도 제대로 이해한 것 같지 않아요. 하지만 『율리시즈』를 읽고 났을 때 스스로 한 단계 도약했구나 그런 느낌이 들었습니다. 고등학교 때 읽은 염상

섭의 『삼대』도 그랬고요. 거대한 산을 힘들게 오르고 나니 눈앞에 평지가 펼쳐져 있는 느낌, 그런 성취감이 생겼습니다.

독서를 즐기는 것과 어려운 책에 도전하는 것은 전혀 다른 이야기가 아닙니다. 어려운 책을 통해 지적인 성취감을 얻는 동시에 독서력에도 도움을 받는다면 그다음에 다른 책을 훨씬 더 즐겁게 읽을 수 있거든요. 가끔은 생소하고 어려운 분야의 책에 도전해보세요. 일단 시작해보면 생각했던 것만큼 아주 힘든 일은 아닐 겁니다.

나만의 서재,
나만의 전당

책의 위치나 배열을 바꾸면 정신의 배치가 달라지면서 전환이 됩니다.
거듭 이야기하지만 이런 것도 독서의 일부입니다.
그리고 저는 이렇게 책들을 분류하고 그 배열을 바꾸는 게 정말 즐겁습니다.

'서재'라는 말을 거창하게 생각하는 분들도 많은 것 같습니다. 독립된 넓은 공간, 근사한 책상과 의자, 수없이 빽빽하게 꽂힌 책들이 있어야만 꼭 서재가 되는 건 아닙니다. DIY로 조립한 3단짜리 작은 장 하나도 좋으니 나만의 서재를 만들면 됩니다.

책을 좋아하는 사람들의 특징을 보면 독서 행위만 좋아하는 게 아니고 책과 관련된 모든 것을 다 좋아하는 것 같아요. 예를 들어서 시간이 남는데 근처에 서점이 있다면 자연스럽게 들어가죠. 꼭 책을 사지 않아도 되고 표지만 보고 쓱 구경만 하고 나와도 그 사람은 마음이 흡족해집니다.

책과 관련된 모든 것은 곧 독서라고 저 역시 생각해요. 책을 꽂아두는 순간, 책을 빼서 보는 순간도 독서 행위라고 생각하는 겁니다. 그래서 서재를 자기만의 방식으로 만들고 꾸미는 것도 중요하죠.

제가 2만 3천여 권의 책을 갖고 있는데 그 책들을 제대로 분류해서 꽂아두지 않으면 필요할 때 찾지 못해서 같은 책을 또 사게 됩니다. 저는 주제별, 관심사별로 분류합니다. 시간에 대한 책, 건축에 관한 책 등으로 모아두기도 하고 한국 소설이라면 제가 좋아하는 작가별로 꽂아둡니다. 책이 몇 권이든 간에 이렇게 자신만의 방법으로 분류하고 정리하는 것은 아주 중요합니다. 김영하 작가를 좋아하면 그의 소설만 모아 두거나 메디컬스릴러 팬이라면 한 칸에 그런 책들만 꽂아두 거나 하는 방식으로요.

꽂아두는 데 그치지 말고 그 배열을 자주 바꿔보기도 권합니다. 식탁이나 책상의 위치만 바꿔도 집 안 분위기가 크게 달라지잖아요. 마찬가지로 책의 위치나 배열을 바꾸면 정신의 배치가 달라지면서 전환이 됩니다. 거듭 이야기하지만 이런 것도 독서의 일부입니다. 그리고 저는 이렇게 책들을 분류하고 그 배열을 바꾸는 게 정말 즐겁습니다.

소소하지만 좀 더 실질적인 팁도 드려볼까요. 예를 들어 6단짜리 책장이 있다고 하면, 제일 아래 칸은 잘 안 보이고 손도 잘 안 가죠. 그렇기 때문에 눈높이에 맞는 세 번째, 네 번째 칸에 어떤 책을 꽂고 제일 아래 칸에 어떤 책을 두는가, 이것은 자기 마음과 선호가 투영된 결과예요. 저도 한국 소설을 꽂는 책장이 있는데 제일 잘 보이는 칸에는 가장 좋아하는 작가들의 책들을 둡니다. 상대적으로 덜 좋아하는 작가의 책이라면 아래쪽으로 두고요. 이렇게 분류를 한다는 건 책이나 작가에 대한 자신의 애호를 드러내는 것이기도 하니 책장 안에서도 일종의 '명예의 전당'을 한번 만들어보는 것도 좋습니다. 책장에서도 가장 명당자리에 내가 가장 좋아하는 책들을 꽂아두는 겁니다. 이 자리에 꽂히는 책들은 시기별로 갱신되기도 하겠지요. 그것도 책을 읽는 데 좋은 자극이 될 겁니다.

공간은 한정되어 있고 책은 늘어나니까 책장에 책을 앞뒤로 이중으로 꽂아두는 경우가 많지요. 어쩔 수 없겠지만, 일단 그렇게 꽂아두면 안쪽에 꽂힌 책은 없는 것과 똑같아집니다. 책장에 꽂힌 책들의 제목만 쭉 훑는 것도 얼마나 중요한데요. 또 보이지 않으면 읽게 되지도 않습니다. 이왕 자신만의 서재를 가질 거라면, 책장을 책의 폭에 맞게 좀 좁게 짜는 것이 낫습니다. 보통 기성품 책장은 기껏해야 6단으로 되어있는데 각 단의 높이가 좀 낮더라도 딱 책 크기에 맞게 짜서 천장까지 닿게 8단이나 9단으로 제작하는 거죠. 그러면 책을 훨씬 많이 꽂을 수 있습니다. 책과 마찬가지로 책장을 많이 사보고 실패한 경험에서 나온 것이니 저를 믿으셔도 좋습니다. 가구점에 의뢰해서 책장 짜는 비용이 예상보다 저렴한 편이기도 하고요.

왜 책이 아닌 책장 이야기를 이렇게 길게 하냐고요? 책을 사랑하는 행위를 다양하게 하자, 그 행위를 확장시키자는 뜻입니다. 이렇게 샅샅이 사랑하면 책이 더 좋아집니다. 저한테는 이것이 굉장히 중요합니다.

책을 고르는
세 가지 방법

저는 책을 고를 때 마지막으로 3분의 2쯤 되는 페이지를 펼쳐봅니다.

그리고 오른쪽 페이지를 읽어요.

왜냐하면 인간의 시선이 왼쪽보다 오른쪽이 더 잘 읽히거든요.

집중력도 높아지고요.

사실 저는 닥치는 대로, 무턱대고, 끌리는 대로 책을 읽어야 한다고 말합니다. 책을 그렇게 읽어야 한다고 믿습니다. 그렇게 읽다 보면 어느새 좋은 책을 잘 선택하게 됩니다. 하지만 누구에게나 쉬운 일은 아니죠. 시간은 한정되어 있으니 모든 책을 다 읽어낼 수도 없습니다. 어떤 책을 읽어야 하는가, 어떤 책이 좋은 책인가라는 질문도 정말 많이 받습니다. 특정한 책을 읽는 경우가 아닐 때, 별다른 정보 없이 수많은 책들 중에서 나한테 맞는 책, 좋은 책을 찾는 저만의 방법 세 가지가 있습니다.

우선 서문을 읽어보는 겁니다. 의외로 서문을 읽는 사람이 드문데 저는 짧은 서문에 저자의 모든 생각이 농축되어 있다고 생각합니다. 책 전체는 잘 썼는데 서문이 별로인 책은 없습니다. 훌륭한 책은 반드시 서문이 좋습니다. 그래서 서문을 꼼꼼히 읽는 게 중요합니다. 짧으면 한 페이지, 길면 대여섯 페이지 정도 되는데요, 서문을 읽으면 지은이가 대체 무슨 생각으로 이 책을 썼고 이 사람의 공력은 어느 정도인지 다 알 수 있습니다. 소설도 그렇고 인문교양서도 그렇습니다. 슈테판 츠바이크의『어제의 세계』서문은 본문 전체의 맥락을 효과적으로 설명하는 내용이면서, 그 자체로 힘 있는 멋진 글입니다. 수 클리볼드의 『나는 가해자의 엄마입니다』의 맨 앞에 붙어서 서문의 역할을 하는 어느 의사의 글은 이 복잡 미묘한 이야기를 좀 더 넓고 깊은 시선으로 바라볼 수 있게 해줍니다.

다음으로는 차례를 봅니다. 서문처럼 차례를 살펴보는 경우도 드문 것 같습니다. 차례는 말하자면 건축에서 설계도와 같은 겁니다. 그렇기 때문에 차례에서 실패한 책이 좋은 책일 확률은 거의 없습니다. 차례를 훑어보는 데 1분도 안 걸리지만 그 짧은 시간에 이 책이 얼마나 튼튼하게 구조화되었는지 충분히 알 수 있습니다. 아무래도 소설보다는 비소설이 더 차례가 중요하겠지요.

훌륭한 책은 당연하게도 모든 페이지가 훌륭합니다. 어느 페이지를 펼쳐 읽어도 좋습니다. 그래서 저는 책을 고를 때 마지막으로 3분의 2쯤 되는 페이지를 펼쳐봅니다. 그리고 오른쪽 페이지를 읽어요. 왜냐하면 인간의 시선이 왼쪽보다 오른쪽이 더 잘 읽히거든요. 집중력도 높아지고요. 물론 앞에서부터 읽어온 것이 아니니까 그 페이지의 내용을 명확히는 잘 모르겠지요. 그래도 집중해서 한 페이지만 보면 그 책이 나한테 맞는지, 좋은 책인지, 잘 쓴 책인지 알 수 있습니다.

물리학에 프랙털fractal이라는 개념이 있는데, 부분이 전체를 반복하는 것을 말합니다. 대표적으로 나뭇잎의 모양, 눈〔雪〕의 결정 이런 것이 그 예인데, 책도 마찬가지입니다. 부분으로 전체를 상당 부분 짐작할 수 있습니다. 왜 하필이면 3분의 2 지점을 보는 거냐면, 저자의 힘이 가장 떨어질 때가 바로 그 부분입니다. 무슨 책이든 시작과 끝은 대부분 나쁘지 않습니다. 저도 책을 낼 때 그렇습니다. 원고를 배열할 때 잘 쓴 걸 앞에 둡니다. 왜냐하면 사람들은 앞쪽부터 읽어나갈 테니까요. 한편 맨 뒤부터 슬쩍 보는 사람들도 적지 않습니다. 그러니까 그다음으로 중요한 것은 맨 뒤에 넣죠. 바로 그래서 3분의 2쯤을 읽으면 저자의 약한 급소를 볼 수 있는 것입니다. 그 부분마저 훌륭하다면 그 책은 정말 훌륭하니까 그 책을 읽으시면 됩니다.

그래서,
좋은 독서란
무엇일까

그래서 좋은 독서는 신비스럽게도 이중적인 성격을 갖고 있습니다.

길을 찾게도 만들고 마음껏 헤매게도 만듭니다.

그리고 세계 앞에 홀로 서게 만듭니다.

🕶 17세기 철학자 파스칼의 말입니다. "오늘날 모든 불행의 근원은 한 가지다. 인간이 홀로 조용히 방에 머무를 수 없다는 사실이다." 이미 17세기에도 고요히 방 안에 홀로 있을 수 없다고 한탄했는데 지금은 어떻겠어요. 더구나 지금은 과잉연결시대라고 하잖아요. 우리가 겪는 문제의 상당 부분은 혼자 있는 시간이 모자라서 생기는 것이 아닐까 생각합니다. 그런데 독서는 혼자 있는 시간의 가장 영화로운 순간을 만들어주는 것 같아요.

책을 읽는다는 건, 기본적으로 혼자 하는 것입니다. 그러니까 독서 체험 자체가 기본적으로 고독한 행위입니다. 현대인들이 가장 못하는 것이 바로 그 고독한 행위인데 일삼아서라도 혼자 정신적으로 홀로 설 수 있는 시간을 만든다는 것은, 어쩌면 가장 필요한 일 아닐까요.

한 사람이 책 한 권을 쓴다는 것은, 하나의 세계를 만들어내는 것입니다. 하나의 주제 아래 자신의 지적인 세계를 만들어서 거기에 투사하는 것입니다. 아무리 부족하고 어설퍼도 그것에 들어가는 저자의 노력은 대단한 것입니다. 우리가 책을 읽는다는 건, 저자가 만들어낸 지적인 세계, 그러니까 한 사람의 세계와 통째로 만나는 것입니다. 이것은 굉장한 경험입니다.

또한 책을 읽으면 자기 반영적인 태도를 가질 수밖에 없습니다. 밀란 쿤데라의 『참을 수 없는 존재의 가벼움』을 읽으면서 내가 토마시 같은지 테레자 같은지 생각해보게 됩니다. 『생각의 탄생』을 읽게 되면 책에 나온 구체적 항목들을 내가 얼마나 염두에 두고 있는지 곱씹어보게 됩니다. 새로운 욕구가 생겨나기도 하고요.

우리는 일반적으로 책을 내가 습득해야 할 무언가라고 생각합니다. 그래서 책을 다 읽고 나면 그 내용이나 생각이 다운로드 되듯 나에게 그대로 옮겨지기를 바랄 수도 있습니다. 그런데 좋은 독서를 위해서는 책을 읽는 자체가 아니라 책을 읽음으로써 나에게 일어나는 어떤 것, 그것에 주목해야 하지 않을까 생각합니다. 독서에서 정말 신비로운 순간은, 책에 있는 것도 아니고 내 마음에 있는 것도 아니고 책을 읽을 때 책과 나 사이 어디인가에 있지 않나 싶습니다. 그것은 신비로우면서도 황홀한 경험입니다.

'책 속에 길이 있다'고 이야기합니다. 길을 찾기 위해서 책을 읽는다고 생각하는 사람도 많을 겁니다. 그런데 저는 생각이 약간 다릅니다. 독서의 어떤 부분은 길을 잃기 위함도 있는 것 아닐까요. 우리는 일반적으로 살아가고 성장하면서 정해진 길이 있다고 믿습니다. 초등학교를 마치면 중학교에 가야 하는 것처럼 말이죠. 그러다가 조금만 벗어나서 다른 길로 가게 되면 너무나 두려워집니다. 하지만 정해진 길로 가는 사람들이 모두가 행복한 것은 아니지요. 정해진 길로 가는 사람들도 불안해합니다. 그런데 독서는 길을 잃는 경험도 만들어줍니다. 진정한 독서는 정해진 길 밖으로 나가게도 만들고 그래서 길 위에만 있으면 안 보이는 것들도 보게 해줍니다. 길을 일부러 헤매게도 만듭니다. 우리가 살면서 크게 흔들리면 위험하잖아요. 그런데 책을 읽으면서 흔들리는 건, 상대적으로 덜 위험할 겁니다. 그리고 길 잃는 것의 해방감이나 쾌락, 또는 생각지도 못한 이득도 얻을 수 있습니다.

이탈리아 베니스에 몇 번 가보았습니다. 많은 사람들이 베니스 하면 산 마르코 광장을 말해요. 하지만 저는 아닙니다. 베니스에서의 가장 좋았던 기억은 그 뒷골목을 헤맸던 것입니다. 골목들을 헤맸던 경험이 베니스를 보는 가장 큰 즐거움이었습니다. 어떤 책들은 베니스를 여행할 때 산 마르코 광장에 가보라고 하지 않고 좁고 오래된 골목길들을 헤매보라고 합니다. 그래서 좋은 독서는 신비스럽게도 이중적인 성격을 갖고 있습니다. 길을 찾게도 만들고 마음껏 헤매게도 만듭니다. 그리고 세계 앞에 홀로 서게 만듭니다.

깃털 떠난 고양이에게 쓰는 편지

인간의 영혼은 고양이를 닮았다

ARTISTS and their CATS

실은 무언가를 하고 있는 고양이지만

고양이와 함께 나이 드는 법

고양이의 기분을 이해하는 법

도해로 읽는 고양이 생활백과

THE CHARACTER OF CATS 고양이에 대하여

잃어버린 고양이를 찾아서
사랑과 고양이를 사랑한다는 것

예묘인을 위한 궁극의 책

거실의 사자
애비게일 터커 지음
이다희 옮김

그림 속의 고양이

2

대화
읽었고, 읽고, 읽을 것이다

with 이다혜 (작가, 『씨네21』기자)

• 이동진에 관한 가장 큰 오해는 그를 충분히 알고 있다고 생각하는 것이다. 그가 무엇을 좋아하고 관심 가질지, 이것이나 저것, 그것에 대해 그가 어떻게 생각하고 말할지를 예측할 수 있다고. 이동진의 가장 중요한 부분들은 그가 보여주거나 들려주지 않는 것들에 있다. 소개하는 책만큼이나 소개하지 않는 책에, 영화에서 언급하는 부분만큼이나 언급하지 않는 부분에, 선택한 일만큼이나 선택하지 않은 일에. 일어나지 않은 일들이니 그것을 바탕으로 이동진이라는 사람을 설명하는 일은 불필요하거나 불가능하다. 하지만 일어난 일로도 증명은 가능하다. 이동진은 '넓이'의 탐색자다. 어떠한 예상에도 포획되지 않겠다는 듯 이전과 다른 것을 선택하기를 즐긴다. 아니, 즐긴다는 말은 어울리지 않는다. '그래야 한다'고 믿는 것처럼 보이기 때문이다. 무엇보다도 새로 개봉하는 영화를 보고 막 출간된 책을 읽어가는 태도가 그렇다. 낯설거나 모른다는 이유만으로 어떤 작품을 선

택하고 끝까지 완주하고 그것에 대해 말한다. 그것을 멈추지 않고 계속해나간다. 되돌아보고 반복해 땅을 다지는 일은 그의 것이 아니다. 탐색의 가장 큰 이유는 그것이 아직까지 그에게 미지의 상태에 있다는 것이 된다. 그간 쌓아둔 것들을 적당히 허물어가며 처신하기를 선택하지 않기. 길이 난 곳을 따라가지 않기. 돌아보며 그곳에 머물기를 욕망하지 않기. 모든 부분이 전체가 되고, 전체가 부분이 될 때까지의 책 읽기. 그리하여 책이, 이동진을 좋아한다.

• 어린 시절의 책 읽기

이다혜 책을 읽다 처음 밤을 새운 때가 언제인지 기억나시나
요?

이동진 처음으로 책에 빠져들었던 초등학교 3~4학년 때인 것
같아요. 그때는 지금보다 동네 서점들이 많았어요. 제
가 살았던 동네가 서울 성수동인데요, 지금은 시장인
곳 한가운데가 통학로였고, 거기 서점이 있었어요. 당
시에는 문구점이 서점을 겸하는 경우가 적지 않아서
그곳에 들어가면 오른쪽에는 프라모델이 가득하고, 왼
쪽에는 책들이 쫙 꽂혀 있었어요. 내 친구들은 대부분
오른쪽에만 관심 있었어요. 저는 프라모델에 관심이
하나도 없었거든요. 왼쪽에 관심이 있었는데, 그래서
책을 처음부터 사서 봤어요. 초등학생이 돈이 없잖아

요. 그래서 돈 모으느라 애썼던 기억이 있고요. 그렇게 사서 읽은 책들이 제 최초의 책들인데, 명랑소설 같은 책들이었어요. 그게 한때 인기가 있었거든요. 중학생 정도가 주인공인 일련의 소설들이죠. 아리랑 출판사에서 나온 '한국소년소녀명작선집'이라는 책들을 본 기억이 있어요. 최요안, 오영민 이런 작가들 아세요? 『마법 두루마기』(최요안), 『개구장이 나일등』(최요안), 『백만 명에 하나』(오영민), 『6학년 0반 아이들』(오영민) 이런 책들을 재미있게 읽었는데 그게 제 최초의 경험이에요. 그때부터 책이라는 게 이렇게 재밌구나 했던 것 같아요.

이다혜 교육으로서의 독서 이야기를 많이 하는데요, 부모들이 자녀들이 읽었으면 하는 책들을 권하거든요. 그런데 성인이 되어서 책 읽기를 계속 좋아하는 사람들은 성장 과정에서 세계 명작만 읽은 건 아니거든요. 또래의 이야기를 읽는 게 중요한 것 같은데, 이동진 작가님 역시 그랬던 것 같습니다.

이동진 본인의 독서만큼이나 아이들에게 어떻게 책을 읽게 할 것인가에 관심 있는 사람 많잖아요. 제 경우가 모든 사람에게 해당되는 것은 아니지만 저는 지금도 마찬가지고 예전에도 그랬고, 재미가 최고예요. 책에 재미를 붙여서 습관이 되는 단계, 그게 최고고요. 재미있어서 본인이 반복을 해야 하는데, 그러려면 본인이 책을 골라야 하는 것 같아요. 책을 직접 골라서 읽다 보면 자기 스스로 길을 찾아가는 것 같고. 만약 제가 어떤 꼬마에게 독서를 가르쳐야 하는 상황이라면 서점에 데려가서, 예를 들어 5만 원을 줄 테니 이 돈으로 전부 책을 사라고 그럴 것 같아요. 그러면 처음에는 카트라이더 책도 사고 동화책도 사고 그러지 않겠어요? 그러다 보면, 본인이 점차 책에 대해서 흥미를 느끼게 되지 않을까요? 저는 그게 첫걸음이지 않을까 싶어요.

이다혜 책을 읽을 때 많은 사람들은 책 안에 답이 있다고 생각합니다. 인문학 열풍이라는 것도 '책에서 혼란스러운 세상에 대한 답을 구할 수 있겠지' 하는 기대가 있는 것 같아요. 하지만 질문을 얻는 것이야말로 책을 읽는 가장 큰 수확이 아닌가 생각하게 되거든요. 답을 찾겠다는 목적 중심적인 독서보다는 내가 묻고자 하는 것을 찾아가는 과정이 독서의 동인動因이 되어야 하지 않을까 싶은데요.

이동진 경험해보면, 목적 독서는 지쳐요. 왜냐하면 책을 읽는 행위 자체에서는 쾌락을 못 느끼는데 책을 다 읽고 나서 얻어지는 부산물, 결과를 겨냥하고 책을 읽게 되면 독서를 '견디게' 되거든요. 힘든데, 다 읽고 나면 '한 권 읽었다'에 그치는 거죠. 책이라는 것은 우회로일 수도 있는데 말이죠. 그래서 자꾸 얘기하는 건데 우리가 책을 읽으면서 하는 이야기들이 있잖아요. 책을 읽으면 지식이 늘고, 화술도 늘고, 글도 잘 쓸 수 있고……. 저는 이 모든 게 부산물이라고 생각하는 거예요. 책을 읽다 보면 그 안에 주제도 있고 세상을 보는 시각이라는 것도 있고 정보라는 것도 있는 거거든요.

굳이 이야기하면 우리에게 질문을 주는 책들이 더 좋은 책들이죠. 그렇지만 뒤집어 얘기하면 제대로 질문하기 위해 책을 읽는 것도 아니에요. 책이 거기 있기 때문에 읽는 거예요. 재미있어서 읽는데, 읽다 보면 그런 것들이 튀어나오는 거죠. 영화도 마찬가지인데, 영화를 보고 나서, '그 영화가 하려는 이야기가 뭐예요?' 묻는다고요. 이런 질문을 굉장히 많이 하는데, 제가 알기로는 99퍼센트의 창작자는 어떤 주제를 말하기 위해 영화를 찍지 않아요. 그냥 어떤 이야기를 할 수 있으니까 하는 거죠. 그런 이야기를 하기 위해 영화로 찍다 보면 거기에 주제도 있고, 질문도 던지고, 여백도 있고, 성찰도 하게 된다고 생각하거든요. 책도 마찬가지라고 생각해요. 일단 책이라는 것 자체가 삶의 일부가 되도록 끌어안는 게 중요해요. 그러다 보면 책이 우리에게 질문을 하게 해준다는 거죠. 아주 세세한 질문이기도 하고, 아주 큰 질문이기도 한데, '이 길이 옳은가' '나는 왜 사는가'에 대해 책이 답을 주지는 않지만, 일종의 방향성이나 지향성 같은 걸 주는 거죠. 그런 것은 다른 어떤 매체도 갖고 있지 않은, 책이 갖고 있는 자기 반영성이라고 할 수 있을 것 같아요.

이다혜   사춘기까지의 책 읽기라는 것은, 직접 책을 고르던 시간도 말씀해주셨지만, 대체로는 누군가가 권해주는 책을 읽으면서 시작하게 됩니다. 학교 교과서, 좋아하는 선생님, 부모, 형제자매일 수도 있거든요. 그렇게 주변 사람들에게 영향을 받아서 읽게 되신 책도 있는지요?

이동진 없지는 않지만, 저는 책이 풍족한 환경에서 자라지 못했어요. 아버지가 글을 쓰시려고 하는 분이셨고, 아주 짧았지만 국어선생님을 하셨으니 그런 영향도 부분적으로는 있었을 텐데, 항상 집이 경제적으로 허덕였기 때문에 책을 마음대로 살 수 없는 환경이었어요. 그러니까 책에 대한 결핍 같은 게 있어서 제가 더 매달리고 좋아하게 된 면도 있는데요. 그 상황에서 책을 더 사면 안 되는데 사기도 하고. 결과적으로 제가 책을 읽어나갔던 방향이 있다고 한다면, 내 스스로 수많은 시행착오로 간 게 맞아요. 하지만 부분적인 영향도 있긴 했는데, 그 당시에 실존주의 철학 같은 게 굉장히 유행해서, 무슨 말인지도 모르지만 읽고, 중고등학생들이 격렬하게 토론을 하는 문화가 있었어요. 제게는 다섯 살, 세 살 터울의 형이랑 누나가 있거든요. 형이랑 누나가

실존주의에 대해서 이야기하는 것을 많이 봐서 나중에
『이방인』이 뭐야 하고 봤는데 무슨 말인지 하나도 모르
겠더라고요. 그런 식으로 보게 된 외국 문학들이 약간
있었고요.

원래 초등학교 때부터 글쓰기를 좋아하는 편이었는데,
중학교 1학년 때 담임선생님이, 제가 글을 쓰는 것을
북돋워주는 게 좋겠다고 생각했는지 열성적으로 지도
해주셨어요. 그 선생님 덕분에 한국 문학에 눈을 뜨게
되었죠. 또 중학교 2학년 때 국어선생님이 저를 각별하
게 신경써주셨어요. 그 나이대에는 책 읽기를 좋아하
는 아이들이 많지 않으니 기특하게 보였겠다 싶어요.
지금은 장용학 소설을 잘 읽지 않잖아요. 저는 중학교
2~3학년 때 그런 선생님들 덕분에 좋아하게 됐죠. 한
국 문학사에서 유명하다고 하는 작품들, 김동인의 「감
자」나 이광수의 『사랑』 등을 체계적으로 읽게 된 것도
그 두 분 선생님 덕분이었어요. 고등학교 들어가면서
부터는 독서에 대해서 누구한테 영향을 받은 것 같지
는 않네요. 그저 가진 것도 없으면서 걸신들린 것처럼
책을 읽으려고 노력했거든요. 그러다 보니까 수많은

시행착오가 있었을 것이고 그 과정을 거치면서 아, 나는 이런 책을 이렇게 읽어야 하는 사람이구나 하는 걸 비교적 일찍부터 알았던 게 아닐까 싶어요.

이다혜 시행착오라는 말에도 있지만, 자기 취향을 만든다는 건 실패를 많이 하니까 생기는 것이기도 하잖아요. 그런데 시행착오를 하지 않고 내 것을 찾을 방법이 없을까 하고 고민들을 많이 하시는 것 같아요. 그런 면에서 시행착오에 해당하는 경험을 몇 가지 말씀해주실 수 있을까요.

이동진 너무 많아요. 저는 약간 강박 같은 게 있어서 어떤 한 가지에 대해서 체계적으로 다 알아야 할 것 같은 생각이 있어요. 책이든 CD든 모으다가 중간에 하나 빠지면 그걸 못 견디고 그 하나를 기어이 사다 채워 넣고 그래요. 보지도 않으면서.

이다혜 전집은 사지 말라고 자주 말씀하신다면서요. (웃음)

이동진 그러니까요. 그게 제 경험 때문에 그러지 말라고 하는 거예요.(웃음) 옛날에 제가 그랬으니까. 전집을 사는 건 정말 별로인데…… 초등학생은 좀 다르지만 중학생만 돼도 전집을 살 필요가 없다고 생각하고요. 어쨌건, 시행착오는 굉장히 많았죠. 대학의 전공이라는 게 무척 협소하잖아요. 제가 다녔던 대학만 해도 입학할 때 학부에서 전공이 103가지가 있었던 걸로 기억하는데, 그중에서 나는 한 가지만 전공하는 거잖아요, 사실상. 그런데 저는 학점은 안 따더라도 도강을 해서라도 가급적 인문계 전공의 모든 개론을 다 들으려고 했어요. 제대로 절차를 밟지 않았기 때문에 청강보다는 도강이 맞을 텐데, 그냥 수업에 들어가 듣는 거죠. 그때는 그런 걸 꺼리는 문화가 아니었어요. 그래서 법학개론, 경제학개론 이런 걸 다 들으려고 노력했어요. 법학개론 강의를 들으려면 개론서를 읽어야 하잖아요. 그렇게 경제학, 인류학, 언어학 등의 개론서들을 다 읽으려고 했던 거예요. 하지만 욕구는 너무 큰데 시간도 없고, 기본이 안 되어 있으니까 어느 분야에서는 책 읽기가 너무 어렵고 안 읽히는 거죠. 그래서 실패를 너무 많이 했어요. 읽다 만 책도 너무 많고. 그 시간에 소설을 읽었으면 정말 좋았을 텐데. 이런 식으로 대학교 1~2학년 때 독서 욕구는 과다한데 능력도 안 되고 시간도 없고 해서 굉장히 큰 실패를 많이 했어요.

이다혜 문학은 어릴 적부터 읽어서 상당히 훈련이 되어 있으셨겠죠?

이동진 고등학교 때는 상대적으로 문학을 너무 많이 읽은 것 같아요. 문학도 정말 중요하고 지금도, 그리고 앞으로도 평생 읽어야 하지만, 문학이 독서의 전부는 아니에요. 고등학교 때 자연과학 책을 읽어본 게 거의 없어요. 자연과학 쪽에 취미를 느끼게 된 게 대학을 졸업하고 나서예요. 그런데 제가 문과 출신이니 아무래도 자연과학 관련 지식이 거의 없지 않겠어요. 그러다 보니 초반에는 읽기가 어려웠어요. 과학 분야 같은 것도, 중고등학교 때 기본적인 책을 재미있게 읽었더라면 나중에 책 읽기 훨씬 좋았을 텐데 싶어요. 지금은 독서에서 넓이가 굉장히 중요하다고 생각하는데, 상대적으로 한

창 책에 깊이 빠져든 중고등학교 때 저는 깊이를 더 중시했던 것 같아요. 그게 좋기도 했지만, 특히 십 대에서 이십 대는 책을 넓게 읽는 게 굉장히 중요한 거거든요. 그래서 그때 중고등학교 때 내게 멘토나 그런 사람이 있어서 만약에 지도를 해주었다면…….

이다혜 안 들으셨겠죠.(웃음)

이동진 그랬겠죠.(웃음) 아니, 자연과학 쪽의 책을 청소년 시절에 더 읽었다면 하고 아쉽기는 해요.

이다혜 그러면 현재의 이동진 작가님이 만약에 소년 이동진을 만난다면 해주고 싶은 독서에 대한 충고는 무엇인가요?

이동진 저는 독서를 제 자신과 너무 동일시했어요. 내가 세상에서 제일 불행하고 어두운 사람인 것 같고, 이런 분위기에 취해서 일종의 자기 연민이 있었고요. 그러다 보니까 그렇게 건강하지가 않았고 약간 병적인 측면도 있었어요, 독서 자체가. 그래서 소설도 일부러 어두운 것만 찾아 읽었죠. 다자이 오사무의『인간 실격』같은 것에 빠지기도 하고요.

이다혜 소년적 허영과도 맞아떨어지지 않았나 싶기는 한데요.

이동진 지금 생각해보면 중고교 시절 저의 불행은 집안이 좀 경제적으로 어렵고, 학교에서 친구들과의 사이가 아주 원만하지 않다거나 정도였는데, 어쨌든 그 당시로는 그렇게 불행하다고 느꼈어요. 그때 돌파구가 음악과 책이었거든요. 음악도 굉장히 우울한 거, 한국에서 금지된 곡, 허무주의적인 것에 탐닉을 했어요. 부모님을 비롯해서 제게 관심 있는 사람은 많았는데, 얘가 과연 지금 무슨 책을 읽고 있고 무슨 음악을 듣고 있는지 이해해주는 사람이 주변에 없었어요. 그러니까 불필요할 정도로—그럴 필요도 없었고, 나에게도 굉장히 유쾌한 기질도 있고 할 텐데—상대적으로 너무 음울한 쪽으로만 독서를 한 것이 아닌가 해요. 그때의 나는 약간 외곬수였던 것 같아요. 독서를 한다고 사람이 꼭 세상으로부터 분리가 되는 게 아니거든요. 그런데 그때는 분리가 되어야 한다고 생각했어요. 고독에 빠진 나 자신이 자랑스럽고 그런 거 있잖아요.

• 넓이의 탐색

이다혜 책을 좋아하는 작가들의 에세이를 읽어보면 전작주의 이야기가 종종 나오거든요. 자기 세계를 구축해나가는 것처럼 여러 책을 읽어가다가, '대학 1학년 여름, 나는 도스토예프스키에 도전했다' 하는 식으로 특정 작가의 전작을 다 모아서 읽는. 그런데 전작주의로 책을 읽는 독자와 아닌 독자가 있는 것 같아요. 예를 들면 저는 아닌 쪽인데, 어떤 작가를 좋아한다고는 해도 굳이 다 챙겨 읽는 쪽으로는 발전하지 않았거든요. 어떤 작가의 전작을 다 섭렵한다는 기분으로 읽으신 적이 있나요?

이동진 그런 적이 없지는 않지만 저도 굳이 얘기하면 아닌 쪽이에요. 이건 영화도 마찬가지고, 음악도 마찬가지고,

110

사람도 마찬가지고. 사람은 좀 다른가? 제가 욕구는 많은 것 같아요, 지적인 허영이라고 할까 호기심이라고 할까. 그러니까 언제든 읽고 싶은 책은 너무나 많고 시간은 항상 부족하게 평생을 산 거예요. 그래서 내가 아무리 좋아하는 작가여도……. 예를 들어 도스토예프스키는 문학사에서 어떻게 보면 가장 위대한 작가라는 생각이 드는데, 도스토예프스키 책도 제가 읽어본 게 7~8권 정도밖에 안 돼요. 저도 도스토예프스키 전집을 갖고는 있지만 그 전집을 다 읽으려면 1년 가지고도 안 되거든요. 그렇게 하면 다른 책들을 못 읽으니 차라리 다른 책들 읽기를 선택하려는 거죠.

어떤 사람의 수십 권에 달하는 모든 책을 다 읽었다, 그런 사람은 제게는 이승우밖에 없어요. 이승우 작가 책은 다 읽었어요. 몇 년 전에 이승우 작가님과도 이야기를 했는데, 제게 작가님 책 딱 두 권이 없었거든요. 그 두 권도 나중에 이승우 작가님이 선물해줬어요. 그래서 지금은 다 가지고 있죠.

이다혜   지금 순간 으쓱하신 거 알고 계시죠? (웃음)

이동진   다른 건 몰라도 작가 이승우의 정신세계를 세상에서 제일 잘 이해하는 다섯 명 중 하나가 바로 내가 아닐까 싶은 착각도…….(웃음) 이해보다는 사랑하는…… 그런 생각이 들어요. 이승우 작가의 경우 문학이 훌륭하기도 하지만, 제 시기와 어떻게 맞은 부분이 있어요. 이승우 작가가 작품세계의 핵심으로 삼고 있는 것이 내 인생에서 제일 중요했던 시기가 있었어요. 그게 겹치니까 너무 동일시가 되고 작가를 숭배하게 됐죠. 지금은 어느 작가도 숭배하지는 않아요.

이다혜   지금은 숭배하는 작가가 없다고 하셨는데, 그런 변화가 생긴 이유가 있을까요.

이동진   그런 게 참 이상한데……. 제가 독자로서 경력이 꽤 된 거잖아요. 책을 읽는 데 삶을 바쳐온 거니까. 한편으로는 어떤 사람들의 글쓰기 능력이라는 게 나를 너무 절망케 하는 거예요. 와, 어떻게 이렇게 쓰지 하면서 감탄하죠. 그런데 글이 잘 써지고 기분이 좋을 때는, 나도 노력하면 그 정도 쓸 수 있을 것 같은 착각이 드는 거예요. 양자 사이에서 왔다 갔다 하는 거거든요. 그러니까 이제는 아무리 위대한 작가가 멋진 글을 써도, 도스토 예프스키든, 테드 창이든, 김승옥이든, 이승우든, 그게 누구든, 인간의 경지를 넘어선 글쓰기를 한다고 느껴지는 사람은 없어요. 다 인간인 것 같고. 그중 어떤 분야를 특별하게 잘하는 거죠. 물론 저는 그들의 발끝만큼도 못 쫓아가겠죠. 그건 사실이겠지만 그런 걸 떠나서, 그들이 완전히 다른 영역에 사는 사람들이라는 생각이 안 들어요. 그러니까 숭배는 하지 않죠. 그건 영화감독도 마찬가지고. 나와 같은 시대를 사는 사람들인데, 사랑할 만하고 존경할 만한 창작을 하는 사람들이거든요.

인생이라는 게 한 번밖에 못 살고, 길어야 70~80년을 사는 건데, 평생 읽을 수 있는 책이 얼마나 되나 생각해 보면, 지금부터 단 한 권도 안 사고 집에 있는 책만 읽어도 평생 다 못 읽어요. 그럴 정도로 많은 책이 있는데, 읽고 싶은 책이 너무나 많은데, 어떻게 특정 작가의 작품을 다 읽겠어요. 어떻게 보면 매우 실용적인 이유죠. 고양이처럼 아홉 목숨을 갖고 있으면 전작주의도

가능하겠지만요.

이다혜 책을 버리는 방법을 이야기해볼까요. 책장 안에서 계속 탈락시킬 책을 골라내지 않습니까. 마치 아이돌 연습생들 중에 누굴 데뷔시킬지 골라내는 것처럼, 결국 계속 솎아내는 작업이 책장을 만드는 작업이기도 할 텐데, 그 방법은 무엇인가요.

이동진 그때는 그야말로 읍참마속의 심정입니다. 이제는 우리 집에 있는 2만 3천 권의 책이 다 양서 같아요. 수십 년간 책을 계속 솎아내고 남겼거든요. 솎아내는 원칙은 매번 2만 3천 권을 다 두고 고민하지는 않지만…… 만약 내게 공간이, 다치바나 다카시의 고양이 빌딩 같은 공간이 있다면 책을 버리지 않고 다 모아두었을 거예요. 그런데 집이 협소하니까 버리거나 기증하거나 팔거나 해야 하는 거거든요. 그러면 매번 막 손이 떨리고 책들에게 너무 미안해져요. 예를 들어서 그렇게 힘들게 책을 스물일곱 권쯤 찾아서 버리게 되면, 그 스물일곱 권은 어떤 책들이겠어요. 쉽게 이야기하면 내게 소중한 순서 23001번부터 23027번까지를 버리는 거죠. 그러니까 버릴 때마다 마음은 굉장히 아프고, 하지만 그렇게 수도 없이 반복을 해온 거죠.

이다혜 책을 보고 나서 정리하는 각자의 방식이 있는데, 책장 접기, 밑줄 긋기, 사진을 찍어서 공유하기 같은 것들을 예로 들 수 있겠죠. 책을 읽으면서 좋아하거나 중요한 부분을 기록하거나 모으는 방식은 무엇인가요.

이동진 예전에는 그런 부분을 기록해두었어요. 노트가 있어서 메모를 다 기록했는데, 어느 순간 그 속도를 다 따라잡을 수가 없게 되어서 지금은 더 이상 하지 않아요. 옛날에는 책을 깨끗이 봤어요. 줄도 안 긋고 봤어요. 하지만 지금은 책은 막 심하게 학대하면서 읽어야 한다고 자주 말해요. 지금은 줄도 치고 메모도 하고 찢어보기도 해요. 정리를 따로 안 하는 거죠. 그중에 어떤 것들은 당연히 기억이 안 나고, 어떤 것들은 기억이 나요. 좀 무책임한 얘기지만 저는 필요한 것은 결국 어떤 식으로든 기억이 난다고 생각해요. 중요한 것이라면 그 책의 어느 페이지에 있는지까지 기억이 나거든요. 쉽게 말하면 서랍을 기억하는 거지 서랍 안의 내용물을 기억하는 게 아니에요. 한번 완독한 책은 책장에 꽂아놓고 나서, '무슨 얘기가 있는데, 아, 옛날에 감명 깊었던 그 책, 아마 왼쪽 페이지 상단에 있었지' 그러면 왼쪽 페이지 위만 보면서 표시한 걸 찾는데, 그러다가 못 찾아도 그만이라고 생각하거든요. 그런 식으로 지금은 체계적으로 따로 정리하지는 않아요.

이다혜   가장 여러 번 반복해 읽으신 책은 무엇인가요?

이동진   전작 읽기와 비슷한 이야기인데, 책을 여러 번 반복해서 읽지 않아요. 그 이유는, 한 책을 두 번 보니 다른 책 두 권을 보고 싶은 거예요. 예를 들어 진화심리학이라고 하면, 한국에 제일 많이 나온 책이 데이비드 버스아니면 헬렌 피셔의 책일 텐데, 데이비드 버스 전작을 읽느니 저라면 데이비드 버스 반, 헬렌 피셔 반을 읽겠어요. 이런 식이거든요. 그러다 보니까, 아무리 좋은 책이 있어도 반복해서 다시 읽고 싶지 않은 거예요. 보고

싶은 것이 너무 많으니까. 영화도 반복해서 보는 편이
아니고요.

이다혜　이것도 독서의 '넓이'에 대한 이야기가 되는 셈이네요.

이동진　그렇죠. 한 영화를 63번을 봤다는 얘기는 62편을 더
볼 수 있는데 포기하고 그 영화를 반복해서 봤다는 뜻
이잖아요. 그래서 제게는 그렇게 여러 번 본 책이 없어
요. 제일 많이 읽은 책이 「무진기행」인데, 잘은 모르지
만, 필사를 했으니까 열 번은 읽었겠죠. 필사를 여러 번
했거든요. 그 경우는 워낙 특이한 케이스고, 세 번 읽은
책도 거의 없는 것 같아요. 두 번 읽은 책은 꽤 있죠.

• 책에 대하여 이야기하기

이다혜　책을 읽고 나서, 내 생각을 이야기하기가 어렵다 싶을
때가 있습니다. 책을 읽을 때 저자의 말을 잘 받아들여
야 한다 싶다가도, 완전히 동의하는 게 아니라면 어디

부터 내 생각을 이야기할 수 있는 건지, 균형 잡기가 어려운 것 같아요. 한국에서의 독후감이라고 하는 문화 자체가 줄거리를 나열한 다음에 교훈적인 감상으로 마무리하면 책 한 권 다 읽은 걸로 쳐주는 식이거든요. 그런 문화가 요즘 들어 바뀌어가는 것 같은데, 책이 하는 말과 내가 하고자 하는 말과의 균형을 어떻게 잡으시나요?

이동진   지금이요, 예전이요?

이다혜   양쪽 다요.

이동진   저는 이렇게 생각해요. 예를 들어 '독서력'이라는 게 있다고 쳐보세요. 분명히 독서력은 있어요. 그런데 책을 읽는 초반 단계, 그러니까 아직 독서력이 잘 갖추어지지 않은 단계에서 나만의 판단 기준을 갖고, 저자의 부족한 점을 비판하고, 그러면서 자기만의 확고한 생각을 갖고…… 그런 것은 거의 불가능해요. 저자라는 사람은 책 한 권을 쓸 정도로 그 문제에 대해 깊게 오래 생각을 한 거죠. 출판사 입장에서 볼 때 그것이 사회적으로 유의미한 것들로만 거른 것들이 책으로 나오는데 그 책 한 권 후루룩 본 사람이 한 번에 비판할 논점들을 꿰뚫어보는 것은 독서력의 초반에는 불가능하죠. 초반에 비판적 독서를 한다는 것은 굉장히 어려운 일이죠. 그래서 초반에는 좋은 책을 '골라 읽기'가 필요하죠.

그다음에, 비판을 하려고 하지 말고 요약을 하려고 하라는 거예요. 초반에는 그게 중요해요. 비판은 고차원적인 지적 행위인데, 그 단계까지 도달하기 위해서는 독서력이 쌓여야 하거든요. 초반에는 읽고 나서 요약하기도 어려워요. 소설 읽고 나서 줄거리 요약해보면 어렵잖아요. 『참을 수 없는 존재의 가벼움』 재미있어. "그 소설은 무슨 내용이야?" 그래서 줄거리를 이야기한다고 해봐요. 5분 이상 이야기할 수 있을까요? 감명 깊게 읽었다고 해도, 좀 말하다가 "그냥 재미있어" 이렇게 한다는 말이죠. 그래서 초반에는 요약만 제대로 해도 굉장한 것이라는 생각이 들고요. 요약을 한다는 것은 그 책의 핵심을 간추린다는 얘기거든요. 그리고 구조를 파악한다는 얘기예요. 그러니 내용을 제대로 요약하기가 중요하죠. 이런 경험이 어느 정도가 쌓이면 비판적인 판단 기준이 나오죠.

제 생각에 그런 비판적인 부분을 강화하기 위해서 가장 좋은 방법은 누군가와 토론을 하는 거예요. 제 경우에는 중학교 때부터 '독서 클럽' 같은 걸 많이 했어요. 자의도 있었고 타의도 있었어요. 최초의 경험은 중학교 2학년 때예요. 국어선생님이 책 좋아하는 애들을 대여섯 명 묶어서 독서 클럽을 만드시고 저에게 클럽장을 하게 했어요. 제가 그걸 2주 하다가 그만뒀거든요. 지금도 기억이 나요. 김동인의 「발가락이 닮았다」를 읽고 토론을 하는데, 클럽 멤버 중 하나가 그 소설을 완독한 후 장애인을 차별하면 안 된다는 걸 배웠다는 거예요. 그 말을 듣고 황당한 마음이 들기도 했고, 어린 마음에 나름대로 우월감 같은 것을 가지고 있었던 때라 그 클럽을 깨고 나왔거든요.

그 이후로 고등학교 때부터는 내 뜻대로 모임을 조직했어요. 책에 관심이 조금만 있는 친구들이 있어도 끌어들여 스터디를 하고. 이런 일도 있었어요. 친구들과 모여서 문집을 만들기로 한 거죠. 누구는 단편소설을 쓰기로 하고, 누구는 에세이를, 누구는 시를 이런 식으로 나눠서 준비하고 있었죠. 요즘 같으면 그걸 장려하고 수능 수행평가 같은 데도 플러스가 되는 활동일 텐데, 예전에는 정말 이상한 시대여서 문집을 내기로 모의했다는 이유만으로 교무실에 끌려가서 엄청 혼났어요. 정치 집회처럼 강제 해산되어서 결국 문집은 내지 못했죠.

이다혜 요즘 같으면 칭찬받을 것 같은데 말이죠.

이동진 또 이런 일도 있었죠. 고등학교 1학년 때 제가 정신적으로 굉장히 우울했거든요. 그때 제가 문예반 반장이었어요. 그런데 집에서 제가 너무 우울하고 이상해 보였던 거죠. 지금 생각해보면 가벼운 정신과 진료를 받으면 되는 거였는데요.

이다혜 그때는 그런 개념이 없었죠.

이동진 개념이 없었고 집도 넉넉하지 않았고. 어머니는 제가 걱정은 되는데 병원에 가야겠다는 생각은 못 하시는 거죠. 지금 생각하면 그 당시 제가 좀 심각하기는 했던 것 같아요. 어머니는 애가 글을 써서 이런다고 생각하신 거예요. 기질적으로 글 때문에 어두워진다고 생각하셨어요. 그래서 어머니가 담임선생님을 찾아가서 제가 글을 쓰지 못하게 해달라고 부탁을 했어요. 결국 선생님이 문예반 활동을 하지 말라고 했어요. 이런 좌절을 겪긴 했지만 책을 읽고 이야기하는 걸 좋아해서 독서 클럽을 자꾸 조직하려고 했어요. 대학 다니면서 공식 동아리 활동을 한 적은 없지만 내가 만들어서 활동을 했어요. 재수할 때 친구들이나 동네 친한 형들과 서양철학사 스터디를 했어요. 군대에서도 독서 스터디를 했다니까요. 후임병이 책을 굉장히 좋아했거든요. 그때 저는 모든 걸 다 알고 싶은 강박이 있었거든요. 풀빛 출판사에서 나온 800페이지 정도 되는 『사회학사』라는 책을 읽는데 그 후임병에게 같이 읽어보겠냐고 물었더니 하겠대요. 그래서 둘이 몇 개월 동안 스터디하면서 그 책을 뗀 적도 있어요. 그런 식으로 스터디를 하는 것이 저에게는 익숙한 방법이었어요. 토론이라는 게 뭐예요. 얘기하다 보면 의견 차이가 있고, 의견을 주고받다 보면 비판적 사고가 늘어나는 거죠. 연습을 할 필요는 있다는 거죠, 비판적으로 보기 위해선.

이다혜 줄거리 요약하기의 중요성에 동의하는데요. 평소에 이동진 작가님에게 가장 감탄하는 점이 소설이든 비소설이든 줄거리와 내용을 요약하는 능력이에요. 그런데 줄거리 요약이 왜 중요한지 잘 모르는 것 같아요. 직업적으로 글을 쓰는 사람이든 취미로 관심이 있어서 쓰는 사람이든 너무나 많은 경우에 줄거리는 보도자료나 출판사 책 소개 같은 것을 대충 베껴놓고 '중요한 건 내 의견에 해당하는 이 뒷부분이야' 하고 생각하는 거예요. 그런데 비평을 잘하는 사람들은 줄거리를 자기화하거든요. 줄거리를 재구축하는 방식이 비평으로 들어가는 첫 단계라는 생각이 드는 것도 그래서고요.

이동진 전적으로 동의해요. 우리가 줄거리를 제일 많이 보게 되는 곳은 포털 사이트의 영화 소개일 거예요. 그런데 들어가서 한번 보세요. 제대로 된 줄거리가 아니에요.

그 짧은 줄거리 잘 쓰기가 상당히 어렵고요. 저 역시 매번 능력이 한참 부족하다는 것을 절실히 느껴요. 줄거리를 말한다는 것은, 전체의 핵심을 보아낼 줄 안다는 거예요. 어떤 작품이든 그 안에는 수없이 많은 갈래의 이야기들이 있어요. 한 문단으로 줄일 때, 다섯 문단으로 줄일 때, 각각 자기가 핵심이라고 생각하는 부분을 추출해내는 능력이 있어야 하거든요. 핵심, 패턴, 플롯을 볼 줄 알아야 해요. 이런 걸 다 보아내야 줄거리 요약이 가능하거든요.

과거에 어떤 사람들은 왜 영화기자들이 평을 하느냐, 평론가도 아닌데 줄거리만 요약하면 되지, 이렇게 말했어요. 그런데 줄거리 요약조차도 사실은 객관적인 게 아니라는 거죠. 누구를 중심으로 줄거리를 이야기할 것이냐, 어디부터 시작할 것이냐, 플래시백으로 구성된 영화라면 줄거리 요약도 과거부터 쓸 것이냐 아니면 원래 사건 순서대로 쓸 것이냐, 어떤 사건을 언급할 것이냐, 어디까지 묘사할 것이냐, 그게 다 줄거리 요약하는 사람의 능력이죠. 그렇게 하는 것이 책을 읽는 독자의 선택을 보여주는 거예요. 선택의 결과란 말이죠. 줄거리를 요약한다는 것은 굉장히 중요한 지적 활동이에요. 줄거리 요약을 잘하는 사람이 강연도 잘하겠죠. 대화도 잘하고.

그러니까 '책의 함정을 분석해서 공박하겠다' 이런 것은 나중에 하고, 독서력의 초기 단계에서는 요약을 한번 해보라는 거죠. 소설도, 비소설도 마찬가지예요. 『총, 균, 쇠』를 읽고 나서 그 내용이 뭔지 10분 동안 이야기하라면 어려워하는 경우가 많아요. 그게 왜 그럴까요. 훈련이 덜 되어서라는 거죠. 많은 사람들이 책 읽은 뒤에 내용이 하나도 기억이 안 난다고 그러는데 일단 기억이 안 나는 게 당연하고, 두 번째는 훈련이 안 되어서 그래요. 뇌가 요약의 형태로 기억하니까 훈련이 되어 있다면 당연히 더 잘 기억할 수밖에 없죠. 그래서 줄거리 요약을 잘하면 그 사람은 나중에 더 많은 것을 더 잘 기억하게 될 거예요.

이다혜　책의 단점을 이야기하는 법에 대해서도 말하고 싶은데요. 책에 국한할 문제는 아니고, 영화에 대해서도 말할 수 있을 테고요. 사람에 대해 말하는 법에도 적용될 수 있을 것 같아요. 좋은 걸 좋다고 말하는 것은, 그냥 좋다고 하면 되거든요. 좋은 말을 하면 사람들은 대체로 좋게 보는 시선이 있는데, 어떤 것에 대해 단점을 이야기한다는 것은 두 가지가 필요한 것 같아요. 하나는 무엇이 문제인지 꿰뚫고 있어야 하고, 또 한 가지는 용기가 필요하거든요. 사람들은 좋은 이야기 듣기를 기대하는 경향이 있기 때문에요. 책을 쓴 사람과 만든 사람에게는 상처가 될 수 있을 것을 알지만 그래도 단점을 지적해야 할 때 원칙이 있을까요?

이동진 용기라는 말도 정확하고 굉장히 중요하지만, 저는 그걸 직업윤리라는 말로 바꾸고 싶은데요. 왜냐하면 저의 경우에는 직업이 되었으니까요. 영화와 책은 좀 달라요. 영화는 안 좋은 영화가 있다 치면 안 좋다고 말하는 것도 굉장히 중요하다고 생각해요. 영화 같은 경우는 2016년에 우리나라에서 개봉한 영화가 1,500편인데, IPTV로 직행하는 경우도 많아서 사람들이 그 주에 개봉되는 것으로 인지하는 영화가 주당 3편에서 5편이거든요. 그 정도는 다 볼 수 있어요. 하루에 한 편씩만 보면 되니까. 그럴 때는 안 좋은 작품은 안 좋다고 말하는 게 굉장히 중요하단 말이에요. 보통 목요일에 개봉하면 주말까지 3~4일이 그 영화의 운명을 결정하잖아요. 관객과의 관계에 있어서는 그 영화가 안 좋다는 걸 한 달 뒤에 얘기하는 건 영향이 없어요. 그러니까 현장 비평가라면, 개봉하는 영화를 상대해야 하는 입장이라면, 뻘밭에서 전투를 치러야만 하는 평론가라면, 안 좋은 건 안 좋다고 지속적으로 말을 해야 한다고 생각해요. 그러니까 그런 용기, 직업윤리가 굉장히 중요하죠.

책은 다르다고 느끼는 게, 제가 직업적인 서평가는 아니지만 「이동진의 빨간책방」이라는 팟캐스트를 오랫동안 진행했잖아요. 그런데 이 팟캐스트에서 특정 책을 집중적으로 비판한 적은 거의 없어요. 그러면 제가 무슨 직업윤리나 용기가 부족해서인가, 그건 아니에요. 책은 2015년 한 해에 4만 몇천 종이 나왔어요. 1년에 4만 종에서 5만 종의 책이 나온단 말이에요. 그러면 그중 읽을 만한 책이 아무리 적어도 1천 종은 되지 않을까요? 그러니까 40권 중 한 권은 읽을 만한 책 아니겠어요? 그런데 제가 그 1천 권을 다 읽을 능력이 없어요. 그런 상황에서 어떤 책을 다루느냐 자체가 그 사람의 선택이에요. 어떤 책은 이번 주 베스트셀러 1위라도 다룰 필요가 없는 거예요. 그걸 안 다루고 별로 주목을 받지 못한 『강남의 탄생』이란 책을 다루겠다는 것 자체가 서평가로서 굉장히 중요한 선택이라는 거죠. 비판적인 시각을 갖고 어떤 책을 공격하는 것도 중요하지만, 가치를 갖고 있음에도 도서시장에서 최소한의 관심을 받지 못하는 책에 스포트라이트를 주는 게 더 중요한 것 같아요. 그건 직업윤리라기보다는 매체의 차이가 아닌가 이런 생각은 하고 있어요.

• **이야기의 특별함**

이다혜   요즘에는 영화로 만들어지는 책도 굉장히 많잖아요. 책이 영화화되는 경우 대체로 영화화하면서 가지치기를 많이 할 수밖에 없어요. 상영시간 내에 이야기를 우겨 넣으려다 보면 아쉬운 부분들이 생긴단 말이죠. 그와 반대로, 책이 좋긴 하지만 영화야말로 정말 잘 만들어졌다고 생각하시는 작품들이 있다면요?

이동진   여기서 책이라고 할 때 소설일 확률이 높은데요. 왜냐하면 영화가, 극단적인 경우를 제외하면 이야기를 다루니까요. 이야기에 대한 인간의 욕구는 선사시대부터 있는 거잖아요. 역사도 이야기고. 한 사람이 죽으면 남기는 게 결국 이야기잖아요. 사람들은 본능적으로 이야기를 굉장히 듣고 싶어 한단 말이죠. 우리는 뉴스도 이야기 형식으로 들어요. 예전에는 전기수 같은 직업도 있었고, 지금도 터키 같은 곳에서는 아직도 시장에서 이야기를 해주는 걸 업으로 삼는 사람이 있단 말이죠. 그러니까 사람들은 기본적으로 이야기를 듣고 싶어 해요. 이야기를 잘하는 사람이 인기가 있고요.

이야기에 대한 기본 욕구를 갖고 많은 매체들이 승부를 했어요. 아주 옛날에는 신화였을 거예요. 그러다가 왕좌를 차지한 게 소설이죠. 소설은 이야기를 다루기에 굉장히 적합한 매체예요. 문장은 굉장한 압축성을 가지고 있거든요. 그 이전에는 연극이 그런 역할을 했을 텐데, 비교도 안 될 만큼 효율적으로 이야기를 실어

나르는 매체로 소설이 몇백 년간 군림을 한 거죠. 이야기의 역사에서 이제 소설의 가장 큰 적은, 제 생각에는 영화예요. 현대인들이 집중적으로 이야기를 소비하는 방식은 대부분 소설 아니면 영화가 됐거든요. 두 매체가 경쟁한단 말이죠.

요즘 사람들은 영화에서 이야기에 대한 욕구를 상당 부분 해결하죠. 그래서 소설을 덜 읽는 것도 있는 것 같아요. 영화가 이야기를 다룰 때 갖게 되는 굉장한 강점이 있을 것 아니겠어요. 반대로 소설이 영화와 다르게 이야기를 실어 나르는 면의 강점이 있단 말이죠. 그 둘의 차이에서 이야기의 강점을 잘 살린 영화도 나오는 거예요.

소설을 예로 들자면 이런 거예요. 로베르트 무질의 『특성 없는 남자』를 어떻게 영화화할 것인가 하는 문제. 제임스 조이스의 『율리시즈』를 대체 어떻게 영화화하겠어요. 그 소설의 자유분방함과 다양한 형식적인 인용을 영화로 옮길 수 없죠. 『율리시즈』가 위대한 소설인 것은 스토리 때문이 아니잖아요. 한국 소설의 경우도 최수철, 이인성, 정영문, 박상륭 이런 작가들의 소설을 어떻게 영화화할 것인가. 영화화한 적이 있기는 하죠. 박상륭의 소설 『죽음의 한 연구』를 영화화한 것이 「유리」인데, 사실 좀 이상한 영화죠. 문자의 특성을 잘 살린 경우 당연히 소설이 뛰어날 수밖에 없어요.

이다혜 맞아요. 그런 부분에서는 소설이 뛰어나죠.

이동진 그 반대의 경우도 있는 거예요. 이야기를 다루는 매체로서 소설이 영화보다 강점이 굉장히 많아요. 영화는 아무리 길어야 보통 두 시간 반 정도인데, 그 정도에 실어 나를 수 있는 이야기의 정보라는 게 책 100페이지보다 적단 말이에요. 그러니까 이야기를 세세하게 전달하는 능력은 소설과 영화가 비교가 안 돼요. 그런데 영화가 이야기를 강력하게 끌어당기는 부분이 있거든요. 대표적으로는 배우예요. 소설에는 배우가 없잖아요. 특정 배우가 등장하는 것으로 더 이상 설명이 필요 없어지는 경우면 소설이 상대가 안 되죠. 니콜 키드먼이 나오는 순간 그 인물이 얼마나 아름다운지 말로 구구절절 묘사할 필요가 없잖아요. 아무리 영화화된 문체를 가지고 있는 소설이라고 하더라도 그 경우엔 영화의 상대가 되지 않겠죠. 촬영과 편집을 최대한 잘 살린 영화들도 마찬가지예요. 예를 들어 영화에서의 카메라 워크라는 것은 소설로 번안하기가 어려워요. 한 쇼트를 끊지 않고 촬영을 했다고 쳐봐요. 그것을 소설로 번안하면 어떻게 하겠어요. 한 문장을 최대한 끊지 않고 길게 쓰는 것, 두 페이지에 걸쳐 한 문장을 쓰면 그게 롱테이크겠다, 그렇게 생각할 수 있잖아요? 하지만 그 효과는 완전히 다르다는 말이죠. 촬영과 편집이 굉장히 독특한 스타일을 갖고 구현해낸, 혹은 배우가 굉장히 중요한 역할을 해낸 영화의 힘이라는 게 있죠. 그 경우에는 소설이 해결할 수가 없어요.

이런 생각도 드는 거예요. 문장이라는 것은 시제를 기본 원칙으로 해요. 인류의 기록에는 시제가 없는 언어도 남아 있어요. 예를 들어 인디언의 언어 중에 있죠. 하지만 현재 인류가 사용하는 대부분의 언어에는 시제가 있단 말이에요. '나는 그녀를 바라보았다'는, 과거. '나는 그녀를 바라본다'는, 현재. '나는 그녀를 바라볼 것이다'는, 미래. 영화는 그걸 할 수가 없어요. 남자 배우가 여자 배우를 바라보는 것을 찍겠죠. 그때 그게 과거라는 것을 설명하려면 플래시백 형태로 집어넣어야 해요. 아니면 자막으로 '7년 전, 플로리다' 이렇게 얘기해서 과거라고 설정해주는 거예요. 그런데 잠깐 지나가면서 그 장면만 보는 사람은 과거인지, 현재인지, 미래인지 알 수가 없죠. 쇼트에 시제를 줄 수 없어요. 그런데 소설의 문장이라는 것은 의도하지 않아도 시제가 생긴단 말이에요.

이다혜 그걸 기반으로 해서 이야기를 진행시키게 되어 있기도 하고요.

이동진 그렇죠. 그래서 시간을 다루는 방식이 영화와 소설은 완전히 다르다는 이야기예요. 이런 수많은 차이들이 있는데, 사람들이 생각하는 것과는 달리 영화보다 소설이 나은 경우는 아주 많고, 소설보다 영화가 나은 경우도 역시 아주 많아요. 원작 소설보다 나은 영화 없다? 왜 없어요. 「대부」부터가 원작 소설보다 훨씬 나은데. 전편보다 나은 속편은 없다? 왜 없어요. 그 예는 아주 많이 이야기할 수 있어요. 이런 식으로 사람들이 그냥 흔하게 주고받는 속설들이 사실은 그렇지 않은 경우가 굉장히 많아요.

이다혜 직접 읽거나 보지 않고 사람들의 말에 의지해 판단을 내려버리는 경우가 많은데요. 속설이나 사람들의 말에 휘둘리는 대신 하나하나의 것들을 직접 보고, 듣고, 생각하는 자체가 경험이 된다면, 독서도 간접 체험이 아니라 그냥 체험이라고 말할 수 있지 않을까 하는 생각을 했어요.

이동진 그렇죠. 우리가 겪는 모든 것은 결국 이야기로 남는데, 겪을 때는 이야기가 아니란 말이에요. 이야기라는 속성 자체가 시제의 개념이 있고, 회상의 느낌이 있으니까요. "오늘 무슨 일 있었어?" 하고 누가 물으면 "오늘 이다혜 작가와 인터뷰를 했는데, 흘러가는 대로 카페에서 말하다 보니 대화를 몇 시간이나 했네?" 이렇게 얘기할 것 아니겠어요? 그 이야기는, 겪는 중간에 할 수 없단 말이죠. 그래서 이야기라는 것이 기본적으로 사람들을 즐겁게 하기도 하지만, 기본적으로 반성하게 하고, 생각하게 하고, 재구조화하는 특성이 있다고 생각해요.

이다혜 안 좋은 경험일 경우, 거리를 두고 극복하게 하는 것 역시도, 그것에 대해 이야기를 할 수 있게 되느냐 아니냐와 관련이 있는 것 같아요.

이동진 그렇죠. 어르신이 돌아가신 뒤에 장례를 치르고 나면 이런 얘기 하잖아요. "얘야, 할아버지가 너를 얼마나 사랑하셨는데. 옛날에 선물 사주신 것 알지?" 이러잖아요? 이게 한 사람이 남긴 이야기를 해석하고 음송하는 방식인 거예요. 결국 모든 사람들이 이야기를 남기는데 우리는 과연 어떤 이야기를 남길 것인가가 실존적으로 굉장히 중요한 거죠.

• 성공적인 실패

이다혜 이동진 작가님에 대해 감탄하게 되는 것 중 하나는 신간을 계속 따라잡는다는 부분에 있는 것 같거든요. 책에 대한 많은 이야기들이, 세계 명작 소설 다시 읽기, 인문 고전 읽기 식으로 이미 수백, 수천 번 이야기되어 시간의 시험을 견뎌 증명이 끝난 것들에 대한 이야기를 반복하는 경우도 많다고 생각합니다. 하지만 「빨간책방」도 그렇고 쓰시는 글들도 그렇고, 항상 지금 이 시대에 무엇이 나오는가에 집중하시는 것 같아요. 「빨간책방」의 '내가 산 책'이라는 코너 자체가 그렇잖아요. 신간에 집중하시는 이유가 궁금한데요.

이동진 첫째는 실용적인 이유이고, 두 번째는 본성에 관한 부분이 있는데, 제 경우는 솔직히 말하자면 본성의 경우가 더 큰 것 같아요. 본성에 관해서 말하면, 사실은 책만 그런 게 아니에요. 현장비평가니까 당연히 영화도 그렇죠. 그런데 음악도 그렇거든요. 음악도 평생 들을 수 없을 만큼의 CD를 이미 갖고 있단 말이에요. 하지만 지금도 정기적으로 외국 음악 사이트들을 찾아다녀요. 올뮤직이나 피치포크나 롤링스톤 같은 외국 사이트를 찾아서 신보 리뷰를 잠깐이라도 봐요. 지금도 정기적으로 매달 10장 이상의 외국 CD를 사거든요. 우리나라 음악은 말할 것도 없고. 그건 사실 노력이 드는 건데 그 자체가 버릇이 됐고요.

기본적으로 제게는, 장점이기도 하지만 단점이기도 한데, 넓이에 대한 끝없는 갈증 같은 게 있어요. 당연히 제가 잘 모르는 분야가 있을 수 있잖아요? 예를 들어 미술사의 경우, 다른 분야보다는 잘 모르는 편이에요. 하지만 중요한 흐름은 알고 있어요. 이런 식으로 특정 분야에 대해서 완전히 모르는 채로 있는 게 싫은 거예요. 기질적으로 그래요. 그러다 보니까 세상에 내가 아직 모르는 아주 훌륭한 뮤지션이 있을 것 같은 거예요. 그래서 매달 10장씩 사다 보면 그중 두세 장의 음반은 상당히 좋아요. 그렇게 계속 미지의 무언가를 발견하는 방식으로 즐겨왔어요. 책이든 영화든 음악이든. 이런 게 저의 직업적인 특성과도 맞았으니 저는 굉장히 운이 좋은 사례인 거죠. 이런 식으로 넓이를 지향하는 부분이 있어요.

이다혜 　실용적인 이유는 뭐예요?

이동진 　제가 책에 대해서는 평론가라고 말할 수는 없죠. 그렇
지만 책을 굉장히 사랑하는 독자로서, 이미 평가가 끝
난 것에 대해 내가 또 말하는 게 싫은 거예요. 예를 들
어 『카라마조프 가의 형제들』이 왜 훌륭한 소설인지,
제가 특별한 또 다른 이야기를 할 수 있을까요? 기존
에 있는 분석을 전달해줄 수도 있겠지만 제 입장에서
는 그게 별로 재미가 없는 거예요. 그런데 『토니와 수
잔』이나 『종이달』 또는 『발칙한 현대미술사』나 『숨결
이 바람 될 때』에 대해서 이렇게 상세히 이야기하는 사
람이 또 있나요? 있기는 하겠지만 전 본 적이 없어요.
찾아보지도 않고요. 좋아하는 작가의 작품 중에서도
이왕이면 새로 나온 것을, 물론 그것이 좋은 작품이라
는 전제하에, 읽고 소개하고 싶은 거예요. 그래야 세상
에 조금 더 도움이 될 것도 같고 제 본성 자체가 그런
걸 더 지향하기도 하고요. 세상에는 좋은 책이 정말 많

거든요. 하나하나 만들 때 드는 수고가 엄청나잖아요. 그러니까 정말 돕고 싶은 마음도 있는 거예요. '세상에는 이런 책이 있어요' 하고 알려주고 싶은 마음이 있어요. 그래서 '내가 산 책' 같은 방식으로 알리기도 하고 한편으로는 메인 코너에서 집중적으로 2주간 다루기도 하잖아요. 신작을 계속 따라잡는다는 건 굉장히 피곤하고 위험한 일이기도 해요. 아무도 말하지 않았을 때 내가 말을 하는 것이기 때문이죠. 남들 다 말하고 1, 2년 있다가 말하거나 정반대로 말하는 식으로 판을 뒤집기는 어떻게 보면 쉬워요.

이다혜 쉽죠. 댓글 쓰는 건 쉬워요.

이동진 그렇죠. 나중에 가서 겨우 이거냐, 이렇게 말하기는 굉장히 쉽지만 매 순간 이제 처음 나타난 이것이 무엇인지를 판단한다는 것은, 작두 위에서 춤을 추는 것 같은 일이고, 계속 발을 베는 것 같은 일이에요. 그렇지만 작두 위에서 춤을 춰야 하는 게 제 일이고, 독자로서의 제 성향이라면 그렇게 해야 하는 거죠.

이다혜   사람들이 책에 관련해서 많이 하는 얘기 중 하나가 "이 책은 너무 두꺼워서 베고 자도 될 것 같아"라든지…….

이동진   『이동진의 부메랑 인터뷰』가 대표적이죠.(웃음)

이다혜   (웃음)그다음에 잠이 안 올 때는 책 읽으면 되지 하는 이야기를 굉장히 많이 하지 않습니까. 실제로 많은 사람들이 침대 옆에 읽히지 않는 책을 두고 수면용으로 읽기도 하고요. 작가님께서도 그렇게 읽으시는 경우가 있나요?

이동진   아니요, 없어요.

이다혜   침대에서 책을 읽기는 하시나요?

이동진   그럼요. 읽죠. 침대에서 읽는 용도의 책들이 따로 있기도 하고. 그런데 저는 가급적 좋은 컨디션일 때 책을 읽어요. 그래야 책이 잘 읽히니까요. 책은 그렇게 읽어야 하는 것 같기도 하고요. 물론 자는 용도로 읽을 수도 있겠죠. 하지만 그런 용도라면 음악을 듣는 것이 훨씬 좋지 않나요?

이다혜 말씀하시는 걸 들으니 책을 진짜 좋아하시는구나 싶어요. 책을 정말 좋아하기 때문에 가장 좋은 컨디션일 때 만나고 싶다는 것. '내가 컨디션이 좋아야 확실하게 판단할 수 있다'는 생각도 하시는 듯하고. 책을 고르는 기준에 대해서도 묻고 싶은데요. 책은 표지로 내용을 알 수 있지도 않고, 어느 작가가 훌륭하다고 해서 그의 책이 다 좋은 것도 아니란 말이죠. 책을 고른다는 것 자체가 일종의 선구안을 키워가는 것일 텐데, 고르시는 기준이 있다면 무엇일까요.

이동진 오프라인 서점에 자주 가서 손에 들고 훑어보죠. 온라인 서점도 자주 들어가보는데 책마다 출판사에서 낸 보도자료가 다 붙어 있잖아요. 그것만 봐도 책을 어느 정도는 짐작할 수 있어요.

이다혜 사실 보도자료를 보면 책에 대해서 상당 부분을 판단

할 수 있죠.

이동진 정말 그래요. 아무리 위장을 해도요. 가장 확실한 것 하나가 있다면 저는 차례인 것 같아요. 차례를 보면 그 책을 알 수 있어요. 독자로 보면 저는 세상에서 가장 많이 실패한 독자 중 하나라고 생각해요. 1만 권 이상의 책을 내가 내 돈을 내고 샀단 말이에요. 사람이 자기 돈으로 뭘 산다는 것은 굉장히 치열한 경험이에요. 그걸 1만 번 이상 반복했단 말이죠. 저는 책을 너무 많이 잘못 산 결과로 책을 잘 사게 된 사람이거든요. 그 이유는 과거에 너무 많이 실패한 일종의 빅데이터가 나한테 있기 때문에 그런 거예요. 음악도 오랫동안 좋아하다 보니 재킷만 봐도 어떤 장르인지, 상당 부분 짐작해요. 한 번도 안 들어본 뮤지션의 음반이라 해도요. 그래서 재킷만 보고 사는 경우도 있어요. 책도 그렇죠. 책을 안 읽어봐도 표지나 앞부분 조금만 살펴봐도 80퍼센트의 확률로 알 수 있을 것 같아요. 제가 특별한 능력을 타고나서가 아니라 실패를 많이 해봐서 그렇다는 이야기예요. 저만의 기준을 하나 덧붙이자면, 책에 추천사를 많이 넣잖아요? 그런데 저는 책에 실린 추천사를 보고 선택하는 경우는 거의 없어요.

• 습관이 행복한 사람

이다혜 일 때문이 아니고 완전히 놀기 위해서 읽으시는 책도 있나요? 책을 읽을 때, 이 책은 방송에서 다루면 좋겠다, 저기서 소개하면 좋겠다는 식으로 분류가 되잖아요. 일과 상관없이 그냥 읽고 싶다, 여가나 유흥의 개념으로 읽으시는 책이 있는지요.

이동진 잘난 척하려고 얘기하는 게 아니라 저는 모든 책을 재미있으려고 읽어요. 정말로요. 심지어는 「빨간책방」에서 다룰 책도 재미로 읽었어요. 다만, 「빨간책방」에서 2주간 집중적으로 다루어야 하니까 읽을 때 마음자세가 약간 달라지고 부담은 되죠. 그렇지만 무슨 책이든, 철학 책이든 자연과학 책이든 다 재미로 읽는 것 말고 다른 이유가 없어요. 예를 들어 영화 「히든 피겨스」의

관객과의 대화를 하려면 우주탐사의 역사나 현황을 알아야 하니까 그 목적으로 『스페이스 크로니클』을 읽어야겠다, 그럴 수도 있잖아요? 저는 그것보다 평소에 우주탐사의 역사에 대한 책을 읽고 싶었는데 시간이 없어서 못 읽은 책들이 집에 일고여덟 권이 있다, 그런데 「히든 피겨스」가 개봉했다, 아, 그 책이 있었지? 그래서 『스페이스 크로니클』을 읽는 거예요. 이게 제 독서 방법이거든요. 그러니까 제가 읽는 독서는 99퍼센트 재미를 위한 거예요. 머리를 풀 때 상대적으로 느슨한 에세이를 읽을 것 같지만 그렇지도 않고, 복잡하고 아무것도 생각하기 싫을 때 철학 책을 읽기도 해요. 딱딱한 자연과학 책을 봐도 되고요. 긴장을 푸는 재미 형식을 가지고 있는 책이 따로 있지 않은 것 같아요.

이다혜 책 읽기를 정체성의 일부로 생각하시는 것 같아요.

이동진 저는 어차피 평생 책을 읽어요. 어차피 책 읽는 게 즐거워요. 그런데 「빨간책방」이라는 프로그램 제안이 왔고, 그 안에서 내가 거의 완벽에 가까운 자유를 누릴 수 있는 조건이에요. 그러니 하지 않을 이유가 없었죠. 얼마 전에 이런 이야기를 들었어요. 청소년들이 게임에 중독되는 경우가 많은데 게임 하는 시간을 줄이는 기가 막힌 방법이 있다는 거예요. 게임 하는 걸 숙제로 내주면 된대요. 오늘 반드시 3시간을 하고 5단계까지 깬 다음에 사진을 찍어 내고 그걸 중간고사에 반영하겠다고 하면 게임 하기를 싫어하게 된다는 우스갯소리인 거죠. 이 이야기인즉슨, 강제성이 있으면 얼마나 재미가 손상되는지를 보여주는 거잖아요. 그러니까 독서에 대해 누차 하는 이야기는 독서의 자발성과 재미인 거예요. 재미를 못 느끼는데 타고난 엄청난 성실성으로 1만 권의 책을 읽었다면 소용이 없다고 생각하는 거예요. 제일 중요한 건 재미예요. 몸과 정신에 덜 좋은 것일수록 쉽게 재미있어져요. 그게 무엇이든. 대표적으로 게임이 그렇죠. 어떤 것은 수백 번을 해봐야 비로소 재미가 생기는데, 한번 생기면 그게 평생을 가는 게 있단 말이죠. 어느 단계까지만 올라가면, 그다음부터는 세상에 책만큼 재미있는 게 없어요. 책만큼 안 지겨운 게 없고요.

이다혜　아마도 가장 오해받는 게 취향과 관련한 신화인 것 같아요. 운명의 상대가 있어서 보자마자 한눈에 알아볼 수 있고 그런 사람을 기다리면 된다는 식의 낭만주의적인 애정론이 있는 것처럼, 취향이라는 것도 마찬가지로 생각하는 부분이 있는 것 같아요. 내가 원래 좋아하게 되어 있는, 우주적 기운이 맞는 책이나 음악이나 영화가 있어서 그걸 만나면 알 수 있을 거라고 생각하기도 하죠. 하지만 많은 경우에 취향이라는 것은 돈 들이고 시간 들인 만큼 개발되는 부분이 있다고 생각하거든요. 오랫동안 즐겨오지 않았다면 아무리 좋은 것을 보여주어도 알아보지 못할 수 있다는 거죠. 그래서 취향을 키운다는 것 자체가 한평생에 걸쳐서 노력을 하고, 또 그만큼 가치가 생기는 건 아닐까 싶거든요.

이동진　사람들이 취향이라고 말하는 것은 상당수가 사실은 교양이에요. 하지만 사회적인 여러 이유로 취향이라고 말하거나, 위장하거나, 깨닫지 못한다고 생각해요. 물론 그 반대로 사람들이 교양이라고 말하는 것들의 상당수가 취향이기도 해요. 그러니까 제가 보기엔 취향의 상당수는 교양이고 교양의 상당수는 취향이에요. 그런데 요즘에는 SNS를 비롯해서 의견을 자유롭게 표현할 수 있는 상황에서 자기가 교양을 강하게 드러낼 경우, 다른 사람과 교양과 교양의 문제로 부딪히면 심각해지거든요. 자존심 문제부터 시작해서. 그때 그걸 취향이라고 에둘러서, "아, 그래? 모든 건 '개취'니까", 그래버리면 되잖아요. 그러면 안 싸워도 되잖아요.

접해보지 못한 것을 욕망할 수는 없어요. 최소한 접해봐야 욕망할 수 있어요. 어떤 특정한 사람을 욕망하려면 최소한 그 사람을 봐야 욕망할 것 아니겠어요. 많은 경우에 사람들이 자기가 취향이라고 생각하는 교양의 경계에 갇혀서, 그 좁은 우물 안에 갇혀서 좁은 하늘을 보는 거예요. 동전만 한 하늘을 보고 있는 거죠. 제대로 여러 가지를 접했을 경우 자기의 취향은 사실 다른 쪽일 수도 있어요. 하지만 그냥 우물 안에 앉아서 이 세계가 전부이고 나는 결국 이렇게 태어났다고 생각하는 거예요. 전혀 그렇지 않은데도요.

이다혜 독서 슬럼프 같은 것은 경험해보신 적 있으신가요? 뭘 읽어도 안 읽히는.

이동진 없었어요. 글쓰기 슬럼프는 있어요. 하지만 책에 대해서는 한 번도 없었어요.

이다혜 그러면 글쓰는 게 안 되셨을 때는 어떻게 극복을 하셨어요?

이동진 글쓰기가 안 된 경우가 있었는데 불행히도 그때 글쓰는 게 직업이었고 불행히도 거의 매일 글을 써야 했고, 억지로 울면서 썼죠. 극복한 게 아니죠. 일이니까 한 거예요. 그래서 창피한 글도 많아요.

이다혜 책 읽는 건 한 번도, '요즘에는 책이 안 읽혀'라는 시기가 없으셨던 거예요?

이동진 없어요. 제가 가지고 있는 몇 안 되는 장점 중 하나가 싫증을 덜 느끼는 거예요. 그래서 저는 권태 문제가 중요하거든요. 저는 한번 싫증을 느끼면 못 견뎌요. 그러면 그 관계가 깨져야 해요. 대부분의 경우 싫증을 안 느끼는 편이라 사람들이 제가 성실하다고 말하는 건데 성실과는 좀 다른 것일 수도 있어요. 저는 영화도 싫증 낸 적이 없어요. 의도적으로 휴가 때는 영화를 안 보는데 휴가엔 막연하게 뭔가 좀 끊어줘야 할 것 같은 거예요. 어차피 평생 영화를 1년에 300~400편을 보는데 적어도 일주일은 안 봐줘야 할 것 같아서. 좋은 관계인 사람에 대해서도 싫증을 별로 안 느껴요. 그런데 싫증을 느끼면 돌이킬 수 없게 되는 거죠.

이다혜 책에 대해 쓴 굉장한 명저 중 한 권으로, 『밤은 책이다』라는 책이 있거든요.(웃음)

이동진 명저 중 한 권이 아니고 그냥 명저. 제가 이렇게 막 나가도 되는 건가요.(웃음)

이다혜 그 책을 보면 볼프 슈나이더의 『만들어진 승리자들』에 대해 쓰신 부분 중에서 "업적 대신 일상이 있는 삶"의 다행스러움에 대해 쓰시면서 글을 마무리하셨는데요. 이 일상이라고 하는 부분에서 이동진 작가님을 가장 행복하게 만드는 게 무엇일까 궁금했거든요. 일반적으로는 다른 사람들의 여가가 책 읽기, 영화 보기, 음악 듣기 같은, 이동진 작가님은 일로 하시는 것들이 들어 있을 텐데, 그걸 좋아하시기 때문에 여가와 크게 구분을 두고 하시지 않는 것으로 보이거든요. 일상에서 가장 큰 즐거움을 느끼는 것은 무엇이 있을까요?

이동진 왜 이런 말이 있잖아요. 행복은 강도가 아니고 빈도라고. 저는 전적으로 동의하는 말이에요. 아직 한 번도 안 해본 것들이 있잖아요. 남극에 가보겠다, 죽기 전에 이구아수 폭포를 보고 싶다, 우유니 사막을 방문하고 싶다 이런 것. 한번 보면 죽을 때까지 못 잊을 것 같고, 실제로 가보면 그래요. 그런데 저는 그게 행복이 아니고 쾌락이라고 생각하는 거예요.

저는 쾌락은 일회적이라고, 행복은 반복이라고 생각해요. 쾌락은 크고 강렬한 것, 행복은 반복되는, 소소한 일상에 있는 일들이라고. 그래서 제가 항상 이야기하는 습관론이 나오게 되는데, 행복한 사람은 습관이 좋은 사람인 거예요. 습관이란 걸 생각해보면, 습관이 없으면 사람은 자기동일성이나 안정성이 유지가 안 돼요. 예를 들면 어떤 사람이 갑자기 타임머신을 타고 17세기 보르도 지방에 떨어졌다고 생각해보세요. 끔찍할 거라고요. 무엇을 어떡할 것인가. 모든 것을 매 순간마다 결정해야 하잖아요. 우리는 지금 그럴 필요가 없어요. 아침에 일어나면 어제와 같은 그 시공간 속에서 일단 습관으로 대부분의 시간을 채우고, 최소한의 결정이 남는 시공간을 여집합으로 두는 거죠. 밥을 하루 세 번 먹는다. 세 번 중 한 번은 가족과 먹는다. 점심은 동료들과 밖에 나가서 사 먹는다. 그다음에는 커피를 마신다. 시간이 잠깐 나면 눈을 붙인다. 오후에 책을 30분 읽는다. 주말에는 고교 동창들과 낚시를 하러 간다. 이런 것들일 텐데요. 우리 삶을 이루는 것 중 상당수는 사실 습관이고, 이 습관이 행복한 사람이 행복한 거예요.

이다혜 마치 습관의 시간에서 탈출해야 재미있는 것처럼 생각하잖아요?

이동진 그렇죠. 그러면 그 시간에 뭘 하냐. 낮 동안에 일하느라 힘들었으니까 오늘 저녁은 한 번도 안 가본 곳에 간다거나 그런 게 우리는 행복이라고 생각하는데, 저는 습관 부분에서 재미를 느껴야 한다고 생각해요. 나머지는 오히려 쩔쩔매는 시간이에요. 뭘 해야 할지 잘 모르겠는 거죠. 그런데 패턴화되어 있는, 습관화된 부분이 행복한 사람이 있다고 해보세요. 그러면 그 인생은 너무 행복한 거죠. 시공간 속에서 매번 판단해야만 살아남을 수 있는 인간이 실존적으로 세상을 향해서 갑옷을 두르는 게 습관인 거예요. 그런 면에서 좋은 습관을 가지는 게 최상의 행복 기술인데 그 습관 중에 독서가 있다면 너무 괜찮은 거죠. 예를 들어 매일매일이 습관으로 빼곡한데, 모처럼 이번 달 말일에 두 시간 정도 여유가 생겼다, 그러니 책을 한번 읽어보자, 그러면 책 읽는 게 행복이 아니라 쾌락인 거예요. 그런데 습관화되어 매일 책 읽는 사람이 있다고 쳐보세요. 저녁 먹기 전까지 30분 정도 시간이 있으면 책을 자동적으로 펼치는 거예요. 그건 행복인 거예요. 똑같이 책을 읽어도 쾌락이 될 수도, 행복이 될 수도 있는 거죠. 다만 쾌락은 지속 불가능하죠.

이다혜 쾌락은 반복되고 길어지면 감각을 무디게 하는 면이
있잖아요. 그런데 반복되는 것이 행복이 된다면 반복
자체가 주는 만족감까지 행복이 되는 거겠네요.

이동진 쾌락은 한계효용 체감의 법칙을 그대로 따르지만 좋
은 습관은 안 그래요. 커피를 마시는 습관이 있다고 쳤
을 때, 내가 27세 때 4월 25일에 마셨던 커피보다 내
가 53세가 되었을 때 1월 7일날 마신 커피가 덜 좋을까
요? 같거나, 나중에 마신 커피가 더 좋을 수도 있단 말
이에요. 그건 삶 전체를 놓고 볼 때 커피의 한계효용이
체감되지 않는다는 말이죠. 그러니까 그런 게 저는 행
복인 것 같은 거예요. 좋은 인간관계, 좋은 습관, 좋은
책을 읽는 방식, 좋은 시간을 경유하는 방식, 이런 거
겠죠.

• 두 세계의 교차

이다혜 소설을 통해 시간을 경험하는 것에 대해 이야기하고 싶은데요. 일단 소설을 읽으면서 좋은 점 중 하나는, 소설마다 읽는 사람으로 하여금 시간을 다른 방식으로 경험하게 만드는 데 있는 것 같습니다. 많은 경우에 소설을 읽는 동안 책과 같이 있다는 것 자체가 그 책에 대한 중요한 인상을 남기기도 하고요. 점점 책 읽기가 어려워진다는 것은 책과 둘이 앉아서 시간을 보내는 것을 어려워한다는 부분도 있지 않나 하는 생각이 들어요. 소설 읽기와 시간, 책과 함께 시간을 보낸다는 것에 대해 듣고 싶습니다.

이동진 영화평론가라서 자꾸 영화와 비교를 하게 되는데요, "책을 읽기 시작했는데 앉은자리에서 다 읽어버렸어. 책 읽느라고 저녁도 굶었어" 저는 이런 책들이 꼭 좋은 책이 아니라고 생각해요. 그런데 영화는 기본적으로 끊어서 볼 수가 없잖아요. 극장에서 '와, 이 장면 다시 보고 싶어' 그렇다고 해서 앞으로 돌려 볼 수가 없죠.

졸면 조는 대로, 홀리면 홀리는 대로 보는 건데, 이것은 영화 매체의 한계인가 하면 굉장한 장점이기도 한 거예요. 일회성이 주는 굉장한 장점이 있거든요. 기본적으로 그것은 삶의 포맷이잖아요. 한 번밖에 못 사니까. 그런 면에서 영화가 주는 굉장히 강한 매력이 있는데, 저는 책은, 좋은 책은 자주 덮을 것 같아요. 아무리 재미있는 스릴러라도 그래요.

책을 읽는 진정한 가치를 좀 다르게 표현하면, 책은 한 사람의 정신세계가 고스란히 담긴 거잖아요. 그렇다면 나는 읽을 때 저자의 세계 전체와 상대하는 방식으로 책을 읽는 거란 말이에요. 그렇다면 독서 행위의 정말 중요한 가치는 '이 사람이 한 권의 책에서 구현해낸 엄청난 세계를 내가 어떻게 빨리 습득하느냐'가 아니죠. '이 책은 저렇게 말하는데 나는 이렇지' 하고 자기반성을 하는 것도 중요하지만 그것도 핵심이 아니죠. 그 둘 사이에 있는 것 같아요. 두 세계 사이의 교직에 책 읽기의 가장 중요한 부분이 있는 것 같거든요. 책 읽기의 가장 중요한 부분이 자기 성찰과 반성을 위해서라는 말은 부분적으로 맞지만 핵심이 아니라고 생각하고, 책을 읽는다는 것이 한 사람의 세계를 만나는 가장 빠르고 정확하고 깊은 방식일 수 있지만 그 역시 핵심은 아닌 것 같아요. 핵심은 그 둘 사이 어디에 있다는 거죠. 그러면 둘 사이에서 만나는 방식은 현실적으로 물리적인 공간에서 특정한 시간을 함께 흘려 보내는 식으로 만나는 건 아닐까요. 그렇게 한다면 좋은 삶은 뭐겠어요. 시간을 흘려 보내는 삶, 시간 속에서 어떻게 흘러갈 것인지를 잘 선택하는 삶, 그것이 좋은 삶이잖아요. 그래서 앞에서 말한 습관이라는 것도 시간을 경영하는 방식 중 하나라고 이야기한다면, 시간을 흘려 보내는 인간이 선택할 수 있는 검증된, 유쾌한, 훌륭한 방식 중 하나가 책 읽기라는 거죠.

이다혜 픽션과 논픽션 양쪽 다 많이 읽으시는 편인데, 픽션과 논픽션 읽는 법 사이에 차이가 있을까요?

이동진 논픽션을 읽을 때 메모를 좀 더 많이 하는 것 같고요. 논픽션은 때에 따라 순서를 무시하며 읽어요. 소설은 내용이 진행되는 순서가 그 소설의 핵심인 경우가 많은데, 논픽션의 상당수는 구성이 소설만큼 중요하지는 않거든요. 예를 들면 어떤 논픽션은 앞의 세 챕터는 내가 잘 알거나 관심이 없거나 해서 건너뛰고 네 번째 챕터부터 읽기도 해요. 어떤 책은 한 페이지라도 읽을 만하면 살 가치가 있다고 생각하기 때문에 그 한 페이지를 보기 위해 중간부터 읽기도 하고. 그러니까 상대적으로 완독의 부담이 적은 게 제게는 논픽션이에요. 소설은 중간에 읽다가 그만두면 사실 그 독서가 덜 좋을 확률이 상대적으로 높거든요. 전체적인 구성 같은 게 굉장히 중요하니까요. 그런데 학술적인 주제를 다루는 책들은 중간에 읽기를 멈추어도 큰 지장이 없는 경우가 있고, 부분적으로 읽거나 발췌독을 해도 되니까 완독률은 더 떨어지죠. 그게 문제가 안 되는 거예요.

이다혜   혹시 '길티플레저'로 갖고 계시는 책이 있는지가 궁금한데요.

이동진   많아요.

이다혜 여러 면에서 얘기할 수 있을 것 같아요. 하는 일이 평문을 쓰거나 방송에서 소개하는 일이면 방송하기 적합하지 않은 어떤 부분이 있기 때문에 길티플레저일 수 있고, 1980~90년대 성장기 독서 체험의 특징도 있을 텐데요. 도서대여점이 성행하기 전에는 다 만화방에 가서 책을 봤잖아요. 그때 여자들은 로맨스, 남자들은 무협소설을 읽었는데 양쪽 다 에로틱한 책이었거든요. 「빨간책방」이라는 팟캐스트 제목을 처음 들었을 때도, 왜 '빨간책'이라고 했을까 생각했거든요. 빨간책의 첫 이미지는 역시 옛날에 학교에서, 선생님께 걸리면 큰일나지만 수업시간에 다들 열심히 읽고 빨리빨리 돌려가며 보던 야한 책의 이미지가 강한 거예요. 그런 면으로도 길티플레저가 있을 것 같다는 생각이 들었거든요. 길티플레저로 생각하시는, 굉장히 좋아하지만 결국은 어디서도 소개하지 않았던 책이 있는지, 그 이유가 무엇인지, 성장기에 읽으셨던, '그때 그 책은 나의 17세의 추억이었다' 같은 그런 책이 있으신지 궁금합니다.

이동진 당연히 있죠. 지금은 기류 미사오의 책들을 이야기할 수 있어요. 기류 미사오는 일본 작가 두 사람이 함께 쓰는 필명인데, 프랑스에서 유학을 해서 프랑스 문화나 역사에 대해 상대적으로 밝은 편이고 책 수준은 전혀 깊지 않고 중복 서술도 많이 하고, 또 책이 많아요. 그런데 기류 미사오 책을 제가 재미있게 읽는 편이에요. 자극적인 야사들이죠. 『사랑과 잔혹의 세계사』, 『악녀대전』 같은 책들을 보면 깊이도 얕하고 윤색도 있어요. 그런데 그 야사를 읽는 재미가 있어요. 옛날에도 중국 고전적인 야사들을 굉장히 좋아했거든요. 그래서인지 기류 미사오 책은 별로라고 생각하는데 계속 읽어요. 집에도 한 열댓 권 있어요. 그런 걸 지금 길티플레저 중 예로 들 수가 있겠죠. 어려서는 당연한 얘기인데 성적인 호기심이, 게다가 충족되지 않는 굉장한 호기심이 있어서 말씀하신 것 같은 그런 식의 길티플레저인 책들이 너무 많았죠. 몇몇 일본 소설들이 그랬고요.

• 읽는 것과 쓰는 것

이다혜 독서에 두 가지 종류가 있다고 생각하는데요. 쌓는 독
서와 허무는 독서라고 할 수 있겠죠. 쌓는 독서라고 하
면 내가 내 세계를 만들어가는, 내 관심사에 맞는 책들,
내가 되고 싶은 사람이 될 수 있게 해주는 책을 읽을 것
같고요. 허무는 독서는 내가 갖고 있던 고정관념을 깨
거나 다른 생각을 받아들이게 하는 경우일 텐데요. 쌓
는 독서를 게을리하면 '내 것'이 안 생기고, 허무는 독
서를 안 하면 내 세계가 좁아지거든요. 이 두 가지의 균
형을 어떻게 맞추시는지요. 새로 나온 책들을 살펴보
실 때, '이건 내가 좋아하겠다' 생각해서 읽으시는 책
이 있을 것 같고, '내가 모르는 거다' 싶어서 읽으시는
책이 있을 것 같거든요. 균형을 생각하시는 편인가요.

이동진 균형을 이성적으로 생각하는 것 같지는 않고요. 다만
본능적으로 넓이를 지향하는 부분이 있어요. 전혀 관
심이 없는 분야라도 그걸 아주 잘 다룬 책들이 있다면
무조건 읽고 싶어요. 예를 든다면 『지금 다시, 헌법』 같

은 책이에요. 법에 대해서 여러 권의 책을 읽어봤지만 법전을 읽어본 적은 없거든요. 스무 살 때쯤 헌법을 읽어보았는데 억지로 읽었고, 재미로 읽지도 않았고, 재미있다고 생각하지도 않았어요. 그런데 얼마 전에 『지금 다시, 헌법』을 읽었는데 굉장히 재미있더라고요. 법의 언어라는 것에 관심이 생겼어요. 이것도 허무는 독서라고 얘기할 수 있을 것 같고요.

쌓는 독서라면, 어떤 작가의 책을 계속 읽을 때겠죠. 이승우 작가의 『사랑의 생애』 같은 경우도 그래요. 첫 줄을 딱 보는 순간, '아, 이게 이승우지' 하면서 정말 좋았어요. "사랑하는 사람은 사랑의 숙주이다"라는 문장인데 한 번 읽었는데 바로 알겠고, 이후에 어떻게 풀릴지도 어느 정도 알겠다는 느낌이었죠. 이승우 작가의 세계를 평생 읽어왔기 때문에 그게 어떤 이야기인지 알겠거든요. 안심도 되고 좋고 흥미도 있었단 말이죠. 그런 경우엔 쌓는 독서라고 할 수 있겠죠.

하지만 쌓는 독서를 목적 독서라고 바꿔서 얘기한다면 그런 독서는 거의 안 해요. 굳이 말하면 저는 허무는 독서 쪽을 주로 하는 것 같은데, 세상에는 분야라는 것이 한정되어 있기 때문에 허물고 허물다 보면 그게 옆에 가서 쌓이는 거예요. 그러니까 궁극적으로 긴 세월이 지나고 나면 다 쌓는 독서가 되죠. 저한테는 그랬던 것 같아요.

이다혜 예전에 썼던 글을 다시 읽으실 때도 있을 텐데요. 회사에 적을 두지 않고 혼자 일하신 10년 정도의 시간을 떠올려보시면, '내가 이렇게 달라졌구나' 하는 부분이 있을까요.

이동진 많이 달라졌죠. 저는 직업적인 글쓰기를 한 게 벌써 20년이 넘었으니까요. 심지어 대학 때도 영화 평문을 썼거든요. 그렇게 쓴 것들이 남아 있어요. 누가 알까 너무 겁나죠. 필명으로 썼으니까 참 다행이다 싶어요.(웃음) 그때의 글을 보면 구상유취口尙乳臭죠. 창피한 글도 많고. 어느 정도 궤도에 오르고 나서 쓴 글들도 한계가 너무 많았어요. 매일 오후 4시까지 마감을 해야 하는데 그때까지 제대로 완성하지 못해서 그냥 아쉬운 채로 원고를 보냈단 말이죠. '한 시간만 더 줬으면 좋았을 텐데' 싶었던 글이 부지기수예요. 내가 재능이 부족하다고 느꼈던 수많은 글들이 있겠죠.

지금도 내가 얼마만큼 글을 쓰는지 나는 모르죠. 하지만 그런 생각은 있어요. 지금 내가 쓰는 글이 예전에 썼던 글보다는 상대적으로 제게 부족함이 적다는 느낌이 들어요. 그리고 제 기준으로는 그나마 조금이라도 나아졌다, 조금씩이라도 발전한다는 느낌이니까 다행이죠. 내 기준으로는 지금 글들이 더 나은 것 같거든요. 특히 영화에 대한 글이 그래요. 에세이의 경우는, 젊은 시절에, 풋내 나게 쓴 글들이 유치하지만 힘이 있을 때가 있거든요. 그런 글은 지금 못 쓰거든요. 그런데 영화 글은 좀 다르죠. 절대적으로는 여전히 많이 부족하겠지만, 적어도 상대적으로는 지금 제가 영화에 대해 쓰는 글은 5년 전, 10년 전보다 나은 것 같아요. 그래서 아직은 내가 글을 써도 되는구나 그런 생각은 들어요.

이다혜 흔히 이야기하잖아요. 글을 잘 쓰려면 '다독, 다작, 다상량'을 해야 한다고. 하지만 결국 잘 쓰는 사람이 잘 쓰는 거 아닌가 생각이 들어요. 다독과 글쓰기의 상관

관계에 대해 어떻게 생각하시는지가 궁금해요. 많이 읽으면 잘 쓸 수 있는 것처럼 말해지거든요. 하지만 글을 잘 쓰는 사람 중에서 책을 아주 안 읽는 경우가 있죠. 생각을 잘 하는 사람이라고 해서 글을 잘 쓰는 것도 아니란 말이에요. 우선, 글쓰기 능력은 타고나는 것일까요, 아니면 노력으로 발전하는 걸까요.

이동진 글쎄요. 이렇게 말하면 어떨까요. 유전자가 훌륭한 사람이 있겠죠. 하지만 유전자로 모든 걸 설명할 수 없는 게, 후천적 환경이나 그에 따른 노력도 굉장히 중요하잖아요. 결국 타고난 자질과 후천적인 노력의 배합에 따라 모든 것이 결정되는 셈인데, 지금은 능력에 대해 이야기하는 거잖아요. 예를 들면 글쓰기의 능력이 타고나는 부분이 있느냐고 묻는다면, 당연히 있다는 거예요.

계량을 할 수는 없지만, 글쓰기의 우사인 볼트가 있다고 쳐봐요. 그러면 어떤 사람이 아무리 폭포수를 맞고 코피를 쏟아가며 글을 쓴다고 해도 영원히 그 수준에 도달할 수는 없겠죠. 그렇다면 타고난 재능이 전부냐,

그렇지 않다는 거예요. 후천적인 노력으로 도달할 수 있는 부분이 분명히 있어요. 최고의 클래스가 되기 위해서는 둘 다 있어야 하죠. 이렇게 얘기해볼게요. "저는 글쓰기를 너무 하고 싶지만 재능이 없는 것 같은데, 직업적인 작가가 될 수 있을까요?"라고 묻는다면 그 답은 저도 몰라요. 하지만 이렇게는 말할 수 있을 것 같아요. "직업으로 삼을 수는 있습니다." 후천적 노력만으로는, 글로 대단한 성취를 하는 톱클래스는 될 수 없어요. 타고나지 않으면 말이죠. 안타깝게도 그것밖에 안 타고 났으니까. 그러나 타고나지 않은 사람이라 해도, 책을 열심히 읽고 글쓰기 연습을 열심히 하면 80퍼센트까지는 갈 수 있는 거예요. 그러면 먹고는 살거든요. 아주 잘 먹고는 못 살지 몰라도 직업으로는 삼을 수 있어요.

이다혜 그렇다면 많이 읽는 것과 글쓰기에는 어떤 관계가 있다고 생각하시나요?

이동진 굳이 말하자면, '정비례하지는 않으나 비례한다'고 말할 수 있어요. 세상에는 책을 읽지 않고도 좋은 글을 쓰는 작가도 있으니, 독서와 글쓰기가 정비례는 하지 않는 것 같지만 그래도 대체적으로는 비례하는 것 같아요. 그 예 중 하나가 바로 저이기도 해요. 제가 글을 쓰고 말해서 먹고살잖아요. 타고난 측면이 없지는 않을 거예요. 그리고 노력한 측면이 있단 말이에요. 하지만 옛날 글과 지금 글을 내 기준으로 봤을 때는 차이가 커요. 지금이 그나마 예전보다 나은 것 같다고 느끼는데 옛날의 나와 지금의 나는 타고난 부분에서는 차이가 없을 것 아니에요. 더 나아졌다면 그것은 학습한 부분이나 후천적인 결과 아니겠어요. 많이 쓰기도 했지만 많이 읽기도 했거든요. 사람들이 흔히 저에게 하는 몇 안 되는 칭찬 중 하나가, 듣기 좋으라고 하는 것도 있겠지만, 박식하다는 말을 해요. 그런데 제가 혹시라도 박식하다면, 그런 걸 어떻게 알았겠어요. 90퍼센트는 책에서 오지 않았을까요? 그런 게 직업적인 기초가 되는 거란 말이죠. 읽기가 전제되지 않았다면, 지금처럼은 당연히 못 했을 것 같아요.

• 독자의 시작

이다혜 읽기, 보기, 쓰기, 말하기 중 생각을 정리하거나 조직할 때 특별히 편한 게 있으신지, 그 넷을 연결 지을 때 어떤 플로flow가 제일 편하신지요.

이동진 저는 아주 어려서부터 글쓰는 걸 좋아했어요. 괴로워 하면서도 좋아했는데, 그 순서를 보면 글쓰기는 제일 마지막이었던 것 같아요. 말하는 걸 어려서부터 좋아 했던 것 같고. 어떤 때는 말을 전혀 하지 않기도 했는 데 또 어떤 때는 수다스러울 정도로 말이 많았어요. 이 야기를 윤색하는 것도 좋아했어요. 집안 문제로 초등 학교를 세 군데 옮겨다녔어요. 3학년 2학기 때 서울 성 수초등학교를 다니게 됐는데, 전학생은 쉽게 어울리기 어려운 분위기가 있잖아요. 그때 담임선생님이 왜 그 랬는지는 알 수 없는데, 제가 이야기하는 데 재능이 있 다고 생각하셨는지 한 주에 한 번씩 저보고 애들 앞에 서 이야기를 하게 했어요. 그 시간이 되면 친구들 앞에 서 내가 읽은 책 이야기를 하는 거예요. 지금도 기억이

나는 건, 옛날 이야기 선집 같은 데서 읽은 「재수 좋은 사나이 한미이」라는 챕터가 있어요. 수십 년이 지나서 검색해보니까 정확히 찾을 수는 없는데 유럽의 전설로 기억해요. 요즘 식으로 말하면 본인이 의도하지 않았는데 영웅이 되는 한 남자의 이야기거든요. 그런 책을 읽고 그 이야기를 수업 시간에 친구들에게 해주는 거예요. 선생님이 "5교시에는 동진이 얘기 듣자" 그러면 제가 40분 동안 이야기를 하는 거예요. 이야기하는 중간에 어떤 애가 손을 들면서 잠깐, 나 화장실 갔다 와야 하는데 그 사이에 얘기하지 말라고 그러고 막 뛰어갔다 오던 게 기억이 나요. 그 아이에게 꽤 재미있었다는 거잖아요. 그러면 이야기를 시작하지 않고 기다려요. 그런데 제가 읽은 것은 말하자면 단편이에요. 그러면 40분이나 이야기할 수가 없잖아요. 그러면 이야기를 제 마음대로 만드는 거예요. 막 살을 붙여서 늘리는 거죠. 초등학교 3학년 수준에서 한국적인 상황으로 바꿔서 이야기하기도 하고. 그러면 아이들이 깔깔거리고 웃고, 그런 게 즐거웠거든요. 그때는 글을 안 썼거든요. 말하는 게 좋았던 거죠. 말하는 것의 연장으로 글을 쓰게 된 건 아니었지만 말하는 게 좋았고요. 독자로서 재미있는 게 작가로서의 저보다 선행했던 거죠. 그러니까 읽는 것, 말하는 것, 이런 것을 좋아했던 것 같아요. 그 결과로 쓰기를 좋아하게 됐는지는 모르겠어요. '보기'는 좀 이야기가 다르고요. 읽기와 쓰기와 말하기는 굉장히 큰 관련이 있다고 생각해요.

• **앞으로 써야 할 것들**

이다혜   결국 허무는 독서도 쌓는 독서가 될 수밖에 없다고 말씀하시기도 했고, 또 활동하시는 분야 자체가 말하는 것, 쓰는 것 다 아우르고 있잖아요. 결국 그 자체가 계속 쌓아가는 과정에 있게 되거든요. 내가 한 말도 어딘가에 쌓이고 있고, 내가 쓴 글도 어딘가에 쌓이고 있고. 그런데 「빨간책방」에서, 살 수 있는 날이 얼마 안 남았다는 걸 알게 된다면 무엇을 하겠냐는 질문에, 그간 쓴 글을 다 없애고 싶다고 하셨단 말이죠. 저는 그때 그 얘기를 듣고, '이동진이라고 하는 사람의 굉장히 중요한 부분을 말해주는 것 같다'고 생각했거든요. 완벽하게 사라지고 싶다는 욕망을 가지고 계신 것 같아요. 그럼에도 불구하고, 저는 책을 읽기 좋아하는 사람은 결국 글쓰기에 대한 욕망이 강한 사람이라고 믿고 있어요. 언젠가 이런 책은 꼭 쓰고 싶다고 오랫동안 마음속에 품고 있으셨던 아이템이 있다면 어떤 것일까요.

이동진 저는 어떤 부분에는 심할 정도로 관심이 없어요. 일상에서는 서툰 구석도 많고요. 저는 어떻게 보면 그나마 집중을 잘한 경우로 보이죠. 어떤 부분에서는 강박적일 정도로 욕구가 과한 부분도 있단 말이에요. 이 정도 일을 해왔으면, 지금까지 평생 읽고 쓰고 활동했으니까, 그걸로 어떻게 대충 해도 먹고는 살지 않을까 생각할 수도 있을 거예요. 그런데 먹고사는 것과 관계없이, 좋은 책을 읽다 보면 한숨이 나와요. 이 좋은 걸 평생 읽어도 다 못 읽네 하는 마음이 있거든요. 음악도 그래요. 영화는 말할 것도 없고. 그런 상황에서 저는 글쓰는 게 괴롭거든요. 김중혁 작가가 너무 신기한 건, 제게 그분은 글을 잘 쓸 뿐만 아니라 글쓰는 게 쉬운 것처럼 보이고, 즐겁게 쓰는 것처럼 보이거든요. 제게 '글쓰기는 영혼을 불살라서 쓰는 거야' 하는 글쓰기에 대한 낭만주의적 관점이 있는 게 아니거든요. 그럼에도 불구하고 글을 쓸 때 너무 힘들어요. 저는 심지어 문자 메시지 쓰는 것도 싫어요. 문자 메시지를 보내느니 전화를 해요. 말이 편한 거죠. 뭔가 남기는 게 싫고. 이메일 쓰는 것도 싫어요. 내가 쓴 글이 내가 떠난 후에까지 오래도록 남는 게 싫어요.

이다혜 존재론적인 측면에서의 이야기겠네요.

이동진 그렇죠. 약간 허무주의적인 생각이 있는 거예요. 그럼에도 불구하고 글쓰기에 대한 욕망은 굉장히 커요. 글쓰기를 사랑하고 흠모하죠. 제가 지금 일을 잡다하게 많이 하잖아요. 그런데 이 많은 일들 중에 가장 좋은 상황 한 가지만 고르라면 책이 나왔을 때예요. 글을 쓴 결과로 책이 나올 때가 가장 좋은데, 책이 나오려면 너무 괴로운 거예요. 끝도 없이 써야 하니까요. 이런 상황에도 아이디어는 많아서, 지금 구상하고 있는 책만 다 써도 향후 50년은 걸릴 거예요.(웃음) 저에게 '저술 목록 아이디어'라는 파일이 있어요. 거기에 소설과 비소설 다 합해서 50권쯤 있어요.

이다혜 그게 궁금했거든요. 앞으로 쓰실 것들 중에 소설도 있군요.

이동진 당연히 있죠. 여기서 더 재미있는 건 뭔지 아세요? 평생 소설을 써본 적이 한 번도 없어요. 습작을 해본 적이 없어요. 딱 한 번 이십 대 초반에 시도해본 적 있는데 그때도 완성은 하지 못했어요. 이쯤 되면 '문청'치고는 가장 낮은 단계죠. 테니스를 한 번도 안 쳐봤는데 로저 페더러처럼 치고 싶다는 거니까요. 쓰고 싶은 책의 목록 중에 소설이 한 열댓 권 있어요.

이다혜 언제 쓰세요?

이동진 운이 좋으면 언제인가 그중에 한 서너 권 쓰겠죠. 욕망은 너무 크고, 능력은 안 되는 게 늘 괴로워요. 시간 관리도 능력에 들어가니까요. 그런데 그 쓰려고 하는 책들은, '저 사람이라면 저렇게 쓸 것이다' 하는 예상과 좀 차이가 있을 것 같아요. 예를 들면 우리말의 부사에 대해서 쓰고 싶어요. 말콤 글래드웰 같은 책도 쓰고 싶어요. 구체적인 아이템도 있어요. 있는데, 이것은 삶에서의 원칙에 관련된 문제죠. 제한된 시간이 있고, 그 속에서 뭘 선택할 것인가. 선택을 하려면 나머지 것들을 포기해야 하니까요.

프레디 머큐리

밥 딜런 자서전

저스트 키즈
JUST KIDS

신디 로퍼
CYNDI LAUPER

JAY-Z 제이지 스토리

밥 딜런 평전

마이클 잭슨 자서전 MOON WALK

에미넘의 모멀 Eminem "Talking"

M MADONNA

포스트모던 신화 마돈나 Madonna

오 마이 마돈나 MA DON NA

프레디 머큐리 Freddie Mercury

두 개의 나

3

목록

이동진 추천도서 800

일평생 제가 읽어온 책들 중 권하고 싶은

800권의 추천서 목록을 만들었습니다.

특정 분야의 전문적인 서적들은 가급적 배제하고,

난이도가 조금씩 다르긴 하겠지만

일반 독자들이 큰 어려움 없이 오락과 교양과 사색을 위해

읽을 수 있는 책 위주로 골랐습니다.

이미 고전으로 확고히 자리 잡은 작품들을 재추천하는 것은

그다지 의미가 없을 것 같아서,

한국 소설과 한국 시는 1980년 이후,

외국 소설은 1960년 이후에 발표된 작품들로 골랐습니다.

소설과 시 외에는 분야보다는 그 책들이 담고 있는

주제나 문제의식 13가지로 분류했는데,

평소 관심 있거나 알아보고 싶은 내용 위주로

살펴보시면 좋을 듯합니다.

감각과 감정

1 20세기 성의 역사 • 앵거스 맥래런 ○

2 감각의 박물학 • 다이앤 애커먼 ○

3 감정을 읽는 시간 • 클라우스 페터 지몬 ○

4 감정의 재발견 • 조반니 프라체토 ○

5 게으름뱅이 학자, 정신분석을 말하다 • 기시다 슈 ○

6 고통받는 몸의 역사 • 자크 르 고프 ○

7 고통받는 인간 • 손봉호 ○

8 공감의 진화 • 폴 에얼릭, 로버트 온스타인 ○

9 나는 왜 너를 미워하는가? • 러시 W. 도지어 주니어 ○

10 냄새의 심리학 • 베티나 파우제 ○

11 눈의 황홀 • 마쓰다 유키마사 ○

12 러브 온톨로지 • 조중걸 ○

13 멘탈 싸인 • 제임스 휘트니 힉스 ○

14 모멸감 • 김찬호 ○

15 미각의 비밀 • 존 매쿼이드 ○

16 미모의 역사 • 아서 마윅 ○

17 배고픔에 관하여 • 샤먼 앱트 러셀 ○

18 보이는 것, 보이지 않는 것, 그리고 추한 것 • F. 곤살레스 크루시 ○

19 사람을 미워한다는 것 • 나카지마 요시미치 ○

20 사랑, 그 딜레마의 역사 • 볼프강 라트 ○

21 사랑, 그 혼란스러운 • 리하르트 다비트 프레히트 ○

22 사랑은 어떻게 예술이 되는가 • 대니얼 불런 ○

23 사랑을 위한 과학 • 토머스 루이스, 패리 애미니, 리처드 래넌 ○

24 술에 취한 세계사 • 마크 포사이스 ○

25 슬픈 날들의 철학 • 베르트랑 베르줄리 ○

26 시선은 권력이다 • 박정자 ○

27 쌤통의 심리학 • 리처드 H. 스미스 ○

28 아담과 이브 그 후 • 맬컴 포츠, 로저 쇼트 ○

29 아름다움의 과학 • 울리히 렌츠 ○

30 애도예찬 • 왕은철 ○

31 앤디 워홀은 저장강박증이었다 • 클로디아 캘브 ○

32 얼굴 • 대니얼 맥닐 ○

33 연애본능 • 헬렌 피셔 ○

34 연애의 시대 • 권보드래 ○

35 왜 사람들은 이상한 것을 믿는가 • 마이클 셔머 ○

36 왜? - 호기심은 어떻게 세상을 바꾸었을까 • 알베르토 망겔 ○

37 욕망의 진화 • 데이비드 버스 ○

38 욕망하는 몸 • 루돌프 셴다 ○

39 우리는 마약을 모른다 • 오후 ○

40 우리는 왜 위험한 것에 끌리는가 • 리처드 스티븐스 ○

41 울고 싶지? 그래, 울고 싶다 • 신정일 ○

42 웃음의 심리학 • 마리안 라프랑스 ○

43 유혹의 기술 • 로버트 그린 ○

44 정신의학의 탄생 • 하지현 ○

45 중독 • 로너 크로지어, 패트릭 레인 ○

46 즐거움의 가치사전 • 박민영 ○

47 착한 사람이 왜 고통을 받습니까 • 헤롤드 S.쿠스너 ○

48 천 개의 사랑 • 다이앤 애커먼 ○

49 철학적으로 널 사랑해 • 올리비아 가잘레 ○

50 추의 역사 • 움베르토 에코 ○

51 커플 • 바르바라 지히터만 ○

52 타인의 고통 • 수전 손택 ○

53 통증 연대기 • 멜러니 선스트럼 ○

54 행복에 걸려 비틀거리다 • 대니얼 길버트 ○

55 행복의 기원 • 서은국 ○

대화와 독백

1   나는 가끔 속물일 때가 있다 • 악셀 하케, 조반니 디 로렌초

2   나는 왜 정육점의 고기가 아닌가? • 데이비드 실베스터

3   대담 - 인문학과 자연과학이 만나다 • 도정일, 최재천

4   박이문 지적 자서전 • 박이문

5   부두에서 일하며 사색하며 • 에릭 호퍼

6   왕가위 - 영화에 매혹되는 순간 • 왕가위, 존 파워스

7   월터 머치와의 대화 • 마이클 온다치

8   음악의 기쁨 • 롤랑 마뉘엘

9   작가란 무엇인가 • 파리 리뷰 인터뷰

10 정치적 올바름에 대하여 • 조던 피터슨, 스티븐 프라이, 마이클 에릭 다이슨, 미셸 골드버그

11 존 치버의 일기 • 존 치버

12 책의 우주 • 움베르토 에코, 장클로드 카리에르

13 쿠엔틴 타란티노 • 제럴드 피어리 엮음

14 타르코프스키의 순교일기 • 안드레이 타르코프스키

15 한국 대중음악 100대 명반 인터뷰 • 박준흠

16 행동과 사유 - 김우창과의 대화 • 김우창, 고종석, 권혁범, 여건종, 윤평중

17 행복한 불행한 이에게 - 카프카의 편지 1900~1924 • 프란츠 카프카

18 행복한 책읽기 - 김현 일기 1986~1989 • **김현**

19 히치콕과의 대화 • **프랑수아 트뤼포**

법칙과 체제

1   20세기 이데올로기 • 윌리 톰슨 ○

2   강철 혁명 • 데보라 캐드버리 ○

3   개념어 사전 • 남경태 ○

4   광고는 어떻게 세상을 유혹하는가? • 공병훈 ○

5   권력의 법칙 • 로버트 그린 ○

6   누가 우리의 일상을 지배하는가 • 전성원 ○

7   당선, 합격, 계급 • 장강명 ○

8   둘의 힘 - 창조적 성과를 이끌어내는 협력의 법칙 • 조슈아 울프 솅크 ○

9   루시퍼 원리 • 하워드 블룸 ○

10   마인드웨어 • 리처드 니스벳 ○

11   매드 사이언스 북 • 레토 슈나이더 ○

12   메시MESSY - 혼돈에서 탄생하는 극적인 결과 • 팀 하포드 ○

13   부의 제국 • 존 스틸 고든 ○

14   블링크 • 말콤 글래드웰 ○

15   빅데이터 인문학 : 진격의 서막 • 에레즈 에이든, 장바티스트 미셸 ○

16   사피엔스 • 유발 하라리 ○

17   사회적 원자 • 마크 뷰캐넌 ○

18   생각의 탄생 • 로버트 루트번스타인, 미셸 루트번스타인 ○

19 세계를 바꾼 아이디어 • 펠리페 페르난데스-아르메스토 ○

20 세대 게임 • 전상진 ○

21 세상에서 가장 기발한 우연학 입문 • 빈스 에버트 ○

22 세상을 측정하는 위대한 단위들 • 그레이엄 도널드 ○

23 세상의 모든 법칙 • 이재영 ○

24 섹스, 폭탄 그리고 햄버거 • 피터 노왁 ○

25 숫자의 비밀 • 오토 베츠 ○

26 스키너의 심리상자 열기 • 로렌 슬레이터 ○

27 신은 주사위 놀이를 하지 않는다 • 데이비드 핸드 ○

28 에디톨로지 • 김정운 ○

29 예측의 역사 • 마틴 반 크레벨드 ○

30 왜 지금 지리학인가 • 하름 데 블레이 ○

31 우리는 어떻게 바뀌고 있는가 • 존 브록만 엮음 ○

32 우연의 법칙 • 슈테판 클라인 ○

33 우연한 걸작 • 마이클 키멜만 ○

34 원더랜드 • 스티븐 존슨 ○

35 위험한 생각들 • 존 브록만 엮음 ○

36 이야기 파라독스 • 마틴 가드너 ○

37 이즘과 올로지 • 아서 골드워그 ○

38 인구의 힘 • 폴 몰런드 ○

39 인류는 어떻게 진보하는가 • 자크 아탈리 ○

40 인식의 모험 • 위르겐 아우구스트 알트 ○

41 자본주의자들의 바이블 • 그레첸 모겐슨 ○

42 제국의 미래 • 에이미 추아 ○

43 지금 경계선에서 • 레베카 코스타 ○

44 지금 다시, 헌법 • 차병직, 윤재왕, 윤지영 ○

45 지능의 역사 • 호세 안토니오 마리나 ○

46 지리의 힘 • 팀 마샬 ○

47 창조의 탄생 • 케빈 애슈턴 ○

48 초월 - 모든 종을 뛰어넘어 정점에 선 존재, 인간 • 가이아 빈스 ○

49 총, 균, 쇠 • 재레드 다이아몬드 ○

50 타인의 해석 • 말콤 글래드웰 ○

51 탐구자들 - 진리를 추구한 사람들의 위대한 역사 • 대니얼 J. 부어스틴 ○

52 티핑 포인트 • 말콤 글래드웰 ○

53 팩트의 감각 • 바비 더피 ○

54 평면의 역사 • B. W. 힉맨 ○

55 핀볼효과 • 제임스 버크 ○

56 학문의 구조 사전 • 발리스 듀스 ○

57 한국 현대문화의 형성 • 주창윤 ○

58 현대의 탄생 • 스콧 L. 몽고메리, 대니얼 치롯 ○

살아가는 나날

1 감옥으로부터의 사색 - 신영복 옥중서간 • 신영복   ○

2 걷기예찬 • 다비드 르 브르통   ○

3 기타노 다케시의 생각노트 • 기타노 다케시   ○

4 깃털 - 떠난 고양이에게 쓰는 편지 • 클로드 앙스가리   ○

5 난 단지 토스터를 원했을 뿐 • 루츠 슈마허   ○

6 늙기의 기술 • 베른트 브루너   ○

7 동물도 우리처럼 • 마크 롤랜즈   ○

8 마음사전 • 김소연   ○

9 마음의 소리 레전드 100 • 조석   ○

10 말에 대하여 • 스티븐 부디안스키   ○

11 모든 것에 반대한다 • 마크 그리프   ○

12 뭐라도 되겠지 • 김중혁   ○

13 미생 • 윤태호   ○

14 바그다드 동물원 구하기 • 로렌스 앤서니, 그레이엄 스펜스   ○

15 보통의 존재 • 이석원   ○

16 불안의 서 • 페르난두 페소아   ○

17 섬 • 장 그르니에   ○

18 스콧 니어링 자서전 • 스콧 니어링   ○

19   어느 철학자가 보낸 편지 • 미키 키요시   ○

20   절망의 끝에서 • 에밀 시오랑   ○

21   천천히, 스미는 • 리쳐드 라이트 외   ○

22   철학자와 늑대 • 마크 롤랜즈   ○

23   폴리나 • 바스티앙 비베스   ○

24   프라하의 소녀시대 • 요네하라 마리   ○

시간과 공간

1 50년간의 세계일주 • 앨버트 포델

2 강남의 탄생 • 한종수, 강희용

3 공간의 역사 • 마거릿 버트하임

4 낭만적인 고고학 산책 • C. W. 세람

5 노마드랜드 • 제시카 브루더

6 밤으로의 여행 • 크리스토퍼 듀드니

7 빌 브라이슨 발칙한 유럽산책 • 빌 브라이슨

8 세계화, 전 지구적 통합의 역사 • 나얀 찬다

9 세상의 도시 • 피터 윗필드

10 시간 • 칼 하인츠 A. 가이슬러

11 시간의 이빨 • 미다스 데커스

12 시간의 창공 • 로렌 아이슬리

13 시크릿 하우스 • 데이비드 보더니스

14 아랍, 그곳에도 사람들이 살고 있다 • 팀 매킨토시-스미스

15 여행도 병이고 사랑도 병이다 • 변종모

16 우리 집을 공개합니다 • 피터 멘젤

17 유토피아 이야기 • 루이스 멈퍼드

18 이젠 없는 것들 • 김열규

19   잃어버린 밤에 대하여 • 로저 에커치   ○

20   중세의 밤 • 장 베르동   ○

21   집은 어떻게 우리를 인간으로 만들었나 • 존 S. 앨런   ○

22   출퇴근의 역사 • 이언 게이틀리   ○

23   파타고니아 • 브루스 채트윈   ○

24   하우스 스캔들 • 루시 워슬리   ○

악과 부조리

1 0년 - 현대의 탄생, 1945년의 세계사 • 이안 부루마 ○

2 26년 • 강풀 ○

3 과잉 연결 시대 • 윌리엄 데이비도우 ○

4 군인 - 영웅과 희생자, 괴물들의 세계사 • 볼프 슈나이더 ○

5 그들은 자신들이 자유롭다고 생각했다 • 밀턴 마이어 ○

6 긍정의 배신 • 바버라 에런라이크 ○

7 나쁜 초콜릿 • 캐럴 오프 ○

8 나쁜 페미니스트 • 록산 게이 ○

9 노예선 • 마커스 레디커 ○

10 논쟁 • 크리스토퍼 히친스 ○

11 대통령의 오판 • 토머스 J. 크라우프웰, M. 윌리엄 펠프스 ○

12 더 나은 세상 • 피터 싱어 ○

13 도덕적 인간은 왜 나쁜 사회를 만드는가 • 로랑 베그 ○

14 독재자가 되는 법 • 프랑크 디쾨터 ○

15 로봇의 부상 • 마틴 포드 ○

16 만들어진 진실 • 헥터 맥도널드 ○

17 맨박스 • 토니 포터 ○

18 무지의 사전 • 카트린 파지크, 알렉스 숄츠 ○

19 문학과 악 • 조르주 바타이유 ○

20 미궁에 빠진 세계사의 100대 음모론 • 데이비드 사우스웰 ○

21 범죄의 해부학 • 마이클 스톤 ○

22 범죄의 현장 • 리처드 플랫 ○

23 부동산, 설계된 절망 • 리처드 로스스타인 ○

24 불안의 시대 • 기디언 래치먼 ○

25 불평등 트라우마 • 리처드 윌킨슨, 케이트 피킷 ○

26 사르키 바트만 – 19세기 인종주의가 발명한 신화 • 레이철 홈스 ○

27 사회 정의론 • 존 롤스 ○

28 생존자 • 테렌스 데 프레 ○

29 성스러운 테러 • 테리 이글턴 ○

30 세상은 어떻게 끝나는가 • 크리스 임피 ○

31 세상의 모든 사기꾼들 • 이언 그레이엄 ○

32 슈퍼 히어로 미국을 말하다 • 톰 모리스 외 ○

33 스탈린의 죽음 • 파비앵 뉘리, 티에리 로뱅 ○

34 쓰레기, 문명의 그림자 • 카트린 드 실기 ○

35 아틀라스 세계는 지금 • 장 크리스토프 빅토르 ○

36 악 또는 자유의 드라마 • 뤼디거 자프란스키 ○

37 악한 사람들 • 제임스 도즈 ○

38 어느 날 당신이 눈을 뜬 곳이 교도소라면 • 잭 자페 ○

39 왜 그들은 우리를 파괴하는가 • 이창무, 박미랑 ○

40 왜 세계의 절반은 굶주리는가 • 장 지글러 ○

41 왜 우리는 악에 끌리는가 • 프란츠 부케티츠 ○

42 우리와 그들, 무리짓기에 대한 착각 • 데이비드 베레비 ○

43 월마트 이펙트 • 찰스 피시먼 ○

44 위대한 독재자가 되는 법? • 미칼 헴 ○

45 유럽의 마녀 사냥 • 브라이언 P. 르박 ○

46 유신 - 오직 한 사람을 위한 시대 • 한홍구 ○

47 의자의 배신 • 바이바 크레건리드 ○

48 이것은 왜 청춘이 아니란 말인가 • 엄기호 ○

49 이것이 인간인가 • 프리모 레비 ○

50 이웃집 살인마 • 데이비드 버스 ○

51 이토록 친밀한 배신자 • 마사 스타우트 ○

52 인간 속의 악마 • 장 디디에 뱅상 ○

53 인도적 개입 • 모가미 도시키 ○

54 인류의 범죄사 • 콜린 윌슨 ○

55 자기계발의 덫 • 미키 맥기 ○

56 자아폭발 • 스티브 테일러 ○

57 잔혹함에 대하여 • 애덤 모턴 ○

58 전쟁에 반대한다 • 하워드 진 ○

59 전쟁은 여자의 얼굴을 하지 않았다 • 스베틀라나 알렉시예비치 ○

60 전쟁의 역설 • 이언 모리스 ○

61 전쟁의 탄생 • 존 G. 스토신저 ○

62 정의란 무엇인가 • 마이클 샌델 ○

195

63 정치적 부족주의 • 에이미 추아 ○

64 쥐 • 아트 슈피겔만 ○

65 증오 - 테러리스트의 탄생 • 윌러드 게일린 ○

66 증오의 세기 • 니얼 퍼거슨 ○

67 차별받은 식탁 • 우에하라 요시히로 ○

68 추악한 동맹 • 존 그레이 ○

69 터부, 사람이 해서는 안될 거의 모든 것 • 하르트무트 크라프트 ○

70 팩트풀니스 • 한스 로슬링 외 ○

71 평범했던 그는 왜 범죄자가 되었을까 • 라인하르트 할러 ○

72 폭력의 기억, 사랑을 잃어버린 사람들 • 앨리스 밀러 ○

73 폭정 - 20세기의 스무 가지 교훈 • 티머시 스나이더 ○

74 피로사회 • 한병철 ○

75 하찮은 인간, 호모 라피엔스 • 존 그레이 ○

76 휴먼카인드 • 뤼트허르 브레흐만 ○

77 히틀러 최후의 14일 • 요아힘 페스트 ○

언어와 일상

1   HOLY SHIT - 욕설, 악담, 상소리가 만들어낸 세계 • 멀리사 모어   ○

2   가짜 논리 • 줄리언 바지니   ○

3   거의 모든 사생활의 역사 • 빌 브라이슨   ○

4   굿모닝 사이언스 • 피터 벤틀리   ○

5   글자 풍경 • 유지원   ○

6   꿈꾸는 뇌의 비밀 • 안드레아 록   ○

7   꿈의 힘 • 로버트 모스   ○

8   농담 따먹기에 대한 철학적 고찰 • 테드 코언   ○

9   단어의 사생활 • 제임스 W. 페니베이커   ○

10   뜻도 모르고 자주 쓰는 우리말 사전 • 이재운 외   ○

11   매너의 역사 • 노버트 엘리아스   ○

12   머리 좋아지는 상상 • 자크 카렐망   ○

13   사물의 민낯 • 김지룡   ○

14   상징 이야기 • 잭 트레시더   ○

15   언어의 종말 • 앤드류 달비   ○

16   왜 우리는 끊임없이 거짓말을 할까 • 위르겐 슈미더   ○

17   외국어 전파담 • 로버트 파우저   ○

18   우리 문화 박물지 • 이어령   ○

19 웃음의 현대사 • 김영주 ○

20 유쾌한 딜레마 여행 • 줄리언 바지니 ○

21 음식문화의 수수께끼 • 마빈 해리스 ○

22 작가의 수지 • 모리 히로시 ○

23 잠의 사생활 • 데이비드 랜들 ○

24 장인 - 현대문명이 잃어버린 생각하는 손 • 리처드 세넷 ○

25 취향의 탄생 • 톰 밴더빌트 ○

26 침대 위의 세계사 • 브라이언 페이건, 나디아 더러니 ○

27 침묵의 세계 • 막스 피카르트 ○

28 타고난 거짓말쟁이들 • 이언 레슬리 ○

29 트래픽 • 톰 밴더빌트 ○

30 포크를 생각하다 - 식탁의 역사 • 비 윌슨 ○

31 한국인은 왜 이렇게 먹을까? • 주영하 ○

32 한글에 대해 알아야 할 모든 것 • 최경봉, 시정곤, 박영준 ○

33 한식의 탄생 • 박정배 ○

34 히트의 탄생 • 유승재 ○

역사의 그 순간

1   AD 33 - 역사로 읽는 예수와 그의 시대 • 콜린 듀리에즈   ○

2   고양이 대학살 • 로버트 단턴   ○

3   교수와 광인 • 사이먼 윈체스터   ○

4   구경꾼의 탄생 • 바네사 R. 슈와르츠   ○

5   낯선 중세 • 유희수   ○

6   니얼 퍼거슨의 시빌라이제이션 • 니얼 퍼거슨   ○

7   만들어진 승리자들 • 볼프 슈나이더   ○

8   만약에 • 스티븐 앰브로스 외   ○

9   모던타임스 • 폴 존슨   ○

10 문명 건설 가이드 • 라이언 노스   ○

11 문명의 붕괴 • 재레드 다이아몬드   ○

12 박시백의 조선왕조실록 • 박시백   ○

13 방의 역사 • 미셸 페로   ○

14 밴버드의 어리석음 • 폴 콜린스   ○

15 본격 한중일 세계사 • 굽시니스트   ○

16 사라진 직업의 역사 • 이승원   ○

17 사생활의 역사 • 필립 아리에스 외   ○

18 상대적이며 절대적인 지식의 백과사전 • 베르나르 베르베르   ○

19　서기 1000년의 세계 • 프란츠-요제프 브뢱게마이어 외　○

20　세계로 떠난 조선의 지식인들 • 이승원　○

21　세기말 빈 • 칼 쇼르스케　○

22　세상에서 가장 재미있는 세계사 • 래리 고닉　○

23　세상에서 가장 짧은 세계사 • 존 허스트　○

24　세상을 바꾼 최초들 • 피에르 제르마　○

25　어떻게 세계는 서양이 주도하게 되었는가 • 로버트 B. 마르크스　○

26　어제의 세계 • 슈테판 츠바이크　○

27　역사 사용설명서 • 마거릿 맥밀런　○

28　역사를 바꾼 운명적 만남 • 에드윈 무어　○

29　왕의 하루 • 이한우　○

30　위대한 결정 • 앨런 액셀로드　○

31　위대한 패배자 • 볼프 슈나이더　○

32　유럽의 폭풍 • 페터 아렌스　○

33　조선 풍속사 • 강명관　○

34　조선에 온 서양 물건들 • 강명관　○

35　주경철의 유럽인 이야기 • 주경철　○

36　중국을 읽다 1980~2010 • 카롤린 퓌엘　○

37　중국인 이야기 • 리쿤우, 필리프 오티에　○

38　중세유럽산책 • 아베 긴야　○

39　지금은 당연한 것들의 흑역사 • 앨버트 잭　○

40　치즈와 구더기 • 카를로 진즈부르그　○

41 태양을 멈춘 사람들 • 영   ○

42 파라다이스의 사냥꾼들 • 피터 래비   ○

43 프랑스 혁명에서 파리 코뮌까지, 1789~1871 • 노명식   ○

44 혁명의 탄생 • 데이비드 파커 외   ○

45 흑사병시대의 재구성 • 존 켈리   ○

예술과 예술가

1   1963 발칙한 혁명 • 로빈 모건, 아리엘 리브   ○

2   Jazz It Up! • 남무성   ○

3   K · POP 세계를 홀리다 • 김학선   ○

4   Music for inner peace • 박정용   ○

5   거장들이 말하는 영화 만들기 • 에릭 셔먼   ○

6   그 남자의 재즈 일기 • 황덕호   ○

7   그리다, 너를 • 이주헌   ○

8   그림자의 강 • 리베카 솔닛   ○

9   길 위의 오케스트라 • 가레스 데이비스   ○

10   김혜리 기자의 영화야 미안해 • 김혜리   ○

11   나는 세계의 배꼽이다 • 살바도르 달리   ○

12   너무 낡은 시대에 너무 젊게 이 세상에 오다 • 박명욱   ○

13   논쟁이 있는 사진의 역사 • 다니엘 지라르댕, 크리스티앙 피르케르   ○

14   놀이와 예술 그리고 상상력 • 진중권   ○

15   다이앤 아버스 • 퍼트리샤 보스워스   ○

16   데칼로그 • 김용규   ○

17   도스토예프스키, 돈을 위해 펜을 들다 • 석영중   ○

18   디자인의 꼴 • 사카이 나오키   ○

19 마릴린 먼로 - the secret life • J. 랜디 타라보렐리   ○

20 마이클 잭슨, 진실 혹은 거짓 • J. 랜디 타라보렐리   ○

21 마이클 케인의 연기 수업 • 마이클 케인   ○

22 메인스트림 • 프레데릭 마르텔   ○

23 모던 팝 스토리 • 밥 스탠리   ○

24 몰락의 에티카 • 신형철   ○

25 무서운 그림 • 나카노 교코   ○

26 박찬욱의 오마주 • 박찬욱   ○

27 발칙한 현대미술사 • 윌 곰퍼츠   ○

28 밤이 선생이다 • 황현산   ○

29 백석 평전 • 안도현   ○

30 베트남에서 레이건까지 • 로빈 우드   ○

31 비틀즈 앤솔로지 • 비틀즈   ○

32 빈방의 빛 - 시인이 말하는 호퍼 • 마크 스트랜드   ○

33 세계를 매혹시킨 반항아 말론 브랜도 • 패트리샤 보스워스   ○

34 세속적 영화, 세속적 비평 • 허문영   ○

35 시간의 각인 • 안드레이 타르콥스키   ○

36 아임 유어 맨 - 레너드 코언의 음악과 삶 • 실비 시몬스   ○

37 언젠가 세상은 영화가 될 것이다 • 정성일, 정우열   ○

38 영화 속의 얼굴 • 자크 오몽   ○

39 영화, 그 비밀의 언어 • 장 클로드 카리에르   ○

40 영화는 우리를 어떻게 속이나 • 제프리 잭스   ○

41 영화란 무엇인가 • 앙드레 바쟁 ⃝

42 영화를 뒤바꾼 아이디어 100 • 데이비드 파킨슨 ⃝

43 영화를 찍으며 생각한 것 • 고레에다 히로카즈 ⃝

44 영화에 대해 생각하기 • 피터 레만, 윌리엄 루어 ⃝

45 영화의 맨살 • 하스미 시게히코 ⃝

46 영화의 이해 • 루이스 자네티 ⃝

47 예술가는 인간을 어떻게 이해해 왔는가 • 채효영 ⃝

48 왜 예술가는 가난해야 할까 • 한스 애빙 ⃝

49 외로운 도시 • 올리비아 랭 ⃝

50 우리 세계의 70가지 경이로운 건축물 • 닐 파킨 ⃝

51 운명적 영감에 빠진 문학가들 • 오토 A. 뵈머 ⃝

52 원 맨 탱고 • 안소니 퀸, 다니엘 페이스너 ⃝

53 작가의 얼굴 • 마르셀 라이히라니츠키 ⃝

54 전복과 반전의 순간 • 강헌 ⃝

55 전설들의 이야기는 어떻게 노래가 되었나 • 로버트 힐번 ⃝

56 철학을 삼킨 예술 • 한상연 ⃝

57 쳇 베이커 • 제임스 개빈 ⃝

58 클래식을 뒤흔든 세계사 • 니시하라 미노루 ⃝

59 클림트 • 전원경 ⃝

60 톨스토이, 도덕에 미치다 • 석영중 ⃝

61 투팍 샤커 - 랩스타의 삶 • 티아나 리 맥퀄러, 프레드 존슨 ⃝

62 패션의 탄생 • 강민지 ⃝

63 포즈의 예술사 • 데즈먼드 모리스 ○

64 프리다 칼로 • 헤이든 헤레라 ○

65 플래시백 • 티머시 리어리 ○

66 한국 팝의 고고학 • 신현준 외 ○

67 해석에 반대한다 • 수전 손택 ○

68 헐리웃 문화혁명 • 피터 비스킨드 ○

69 화가는 무엇으로 그리는가 • 이소영 ○

70 흥남부두의 금순이는 어디로 갔을까 • 이영미 ○

71 히피와 반문화 • 크리스티안 생-장-폴랭 ○

우주와 자연

1   1마일 속의 우주 • 쳇 레이모

2   ZOOM 거의 모든 것의 속도 • 밥 버먼

3   강양구의 강한 과학 • 강양구

4   거의 모든 것의 역사 • 빌 브라이슨

5   거의 모든 시간의 역사 • 사이먼 가필드

6   과학인문학으로의 초대 • 노에 게이치

7   광대한 여행 • 로렌 아이슬리

8   금속의 세계사 • 김동환, 배석

9   김대식의 빅 퀘스천 • 김대식

10 김상욱의 과학공부 • 김상욱

11 떨림과 울림 • 김상욱

12 리얼리티 버블 • 지야 통

13 모던 테크 • 홍성욱

14 물고기는 존재하지 않는다 • 룰루 밀러

15 물의 역사 • 알레브 라이틀 크루티어

16 부분과 전체 • 베르너 하이젠베르크

17 사이언스 픽션 • 스튜어트 리치

18 산책자를 위한 자연수업 • 트리스탄 굴리

19 수학, 생각의 기술 • 박종하 ○

20 숫자는 어떻게 진실을 말하는가 • 바츨라프 스밀 ○

21 시간의 역사 • 스티븐 호킹 ○

22 신은 아무것도 쓰지 않았다 • 이브 파칼레 ○

23 아이작 아시모프의 과학 에세이 • 아이작 아시모프 ○

24 우리에겐 과학이 필요하다 • 플로리안 아이그너 ○

25 우주가 바뀌던 날 그들은 무엇을 했나 • 제임스 버크 ○

26 우주에서 살기, 일하기, 생존하기 • 톰 존스 ○

27 이상하고 거대한 뜻밖의 질문들 • 모리 다쓰야 ○

28 인간 없는 세상 • 앨런 와이즈먼 ○

29 인공지능과 흙 • 김동훈 ○

30 자연의 역사 • 카를 프리드리히 바이쎄커 ○

31 정재승의 과학 콘서트 • 정재승 ○

32 주기율표로 세상을 읽다 • 요시다 다카요시 ○

33 침묵의 봄 • 레이첼 카슨 ○

34 코스모스 • 칼 세이건 ○

35 하늘에서 본 지구 • 얀 아르튀스-베르트랑 ○

이야기와 읽기와 쓰기

1   게코스키의 독서 편력 • 릭 게코스키   ○

2   그리스신화의 상징성 • 뽈 디엘   ○

3   그림형제 독일민담 • 이혜정   ○

4   근대의 책읽기 • 천정환   ○

5   기생충 각본집 • 봉준호   ○

6   나는 왜 쓰는가 • 조지 오웰   ○

7   나의 쓰지 않은 책들 • 조지 스타이너   ○

8   뉴스의 시대 • 알랭 드 보통   ○

9   느리게 읽기 • 데이비드 미킥스   ○

10 동화경제사 • 최우성   ○

11 마이클 더다의 고전 읽기의 즐거움 • 마이클 더다   ○

12 문학을 읽는다는 것은 • 테리 이글턴   ○

13 박쥐 각본 • 박찬욱, 정서경   ○

14 밥 딜런 - 시가 된 노래들 1961~2012 • 밥 딜런   ○

15 베스트셀러의 역사 • 프레데리크 루빌루아   ○

16 세계의 동화 • 크리스치안 슈트리히 지음, 타트야나 하우프트만 그림   ○

17 세상 모든 책장 • 알렉스 존슨   ○

18 소문의 시대 • 마츠다 미사   ○

19 시 각본집 • 이창동 ⃝

20 신화의 힘 • 조지프 캠벨 ⃝

21 어른이 되어 더 큰 혼란이 시작되었다 • 이다혜 ⃝

22 에쿠우스 • 피터 셰퍼 ⃝

23 왜 시계태엽 바나나가 아니라 시계태엽 오렌지일까? • 게리 덱스터 ⃝

24 우리 시대의 신화 • 유요한 ⃝

25 위대한 작가는 어떻게 쓰는가 • 윌리엄 케인 ⃝

26 유머니즘 • 김찬호 ⃝

27 유혹하는 글쓰기 • 스티븐 킹 ⃝

28 일리아스와 오디세이아 • 알베르토 망겔 ⃝

29 작가는 왜 쓰는가 • 제임스 A. 미치너 ⃝

30 작가의 책상 • 질 크레멘츠 ⃝

31 전을 범하다 • 이정원 ⃝

32 천의 얼굴을 가진 영웅 • 조지프 캠벨 ⃝

33 최초의 신화 길가메쉬 서사시 • 김산해 ⃝

34 한국 작가가 읽은 세계문학 • 김연수 외 ⃝

35 해럴드 블룸의 독서 기술 • 해럴드 블룸 ⃝

인간이라는 수수께끼

1   21세기를 위한 21가지 제언 • 유발 하라리

2   고독을 잃어버린 시간 • 지그문트 바우만

3   광기에 관한 잡학사전 • 미하엘 코르트

4   군중과 권력 • 엘리아스 카네티

5   기억의 일곱 가지 죄악 • 대니얼 L. 샥터

6   나, 마이크로 코스모스 • 베르너 지퍼, 크리스티안 베버

7   나는 가해자의 엄마입니다 • 수 클리볼드

8   뇌가 지어낸 모든 세계 • 엘리에저 스턴버그

9   두 글자의 철학 • 김용석

10   만들어진 신 • 리처드 도킨스

11   메스를 든 인문학 • 휴 앨더시 윌리엄스

12   모든 것은 빛난다 • 휴버트 드레이퍼스, 숀 도런스 켈리

13   바보들의 심리학 • 옌스 푀르스터

14   변신의 역사 • 존 B. 카추바

15   빈 서판 - 인간은 본성을 타고 나는가 • 스티븐 핑커

16   사람으로 산다는 것 • 헤닝 만켈

17   상상병 환자들 • 브라이언 딜런

18   세계사를 바꾼 21인의 위험한 뇌 • 고나가야 마사아키

19 셀러브리티 • 그레엄 터너 ○

20 소크라테스 익스프레스 • 에릭 와이너 ○

21 소피의 세계 • 요슈타인 가아더 ○

22 시간의 심리학 • 사라 노게이트 ○

23 시간의 종말 • 움베르토 에코 외 ○

24 신 없는 사회 • 필 주커먼 ○

25 신과 로봇 • 에이드리엔 메이어 ○

26 실패의 향연 • 크리스티아네 취른트 ○

27 아내를 모자로 착각한 남자 • 올리버 색스 ○

28 아니마와 아니무스 • 이부영 ○

29 아담의 배꼽 • 마이클 심스 ○

30 아웃사이더 • 콜린 윌슨 ○

31 열림과 닫힘 • 정진홍 ○

32 왜 우리는 미신에 빠져드는가 • 매슈 허트슨 ○

33 우리 몸이 세계라면 • 김승섭 ○

34 우리는 왜 빠져드는가 • 폴 블룸 ○

35 위험한 호기심 • 알렉스 보즈 ○

36 의심에 대한 옹호 • 피터 버거, 안톤 지더벨트 ○

37 이기적 유전자 • 리처드 도킨스 ○

38 이타주의자가 지배한다 • 슈테판 클라인 ○

39 인간은 얼마만큼의 진실을 필요로 하는가 • 뤼디거 자프란스키 ○

40 인생의 모든 의미 • 존 메설리 ○

41 자유 의지는 없다 • 샘 해리스 ○

42 종교 다시 읽기 • 한국종교연구회 ○

43 종교전쟁 • 장대익, 신재식, 김윤성 ○

44 지식인의 두 얼굴 • 폴 존슨 ○

45 직관의 두 얼굴 • 데이비드 G. 마이어스 ○

46 진정성이라는 거짓말 • 앤드류 포터 ○

47 진화의 배신 • 리 골드먼 ○

48 퀘스트 - 자연에 도전한 인간의 모든 역사 • 크리스 보닝턴 ○

49 털 없는 원숭이 • 데즈먼드 모리스 ○

50 하지만 우리가 틀렸다면 • 척 클로스터먼 ○

51 현대 철학의 쟁점들은 무엇인가 • 브라이언 매기 ○

죽음이라는 미스터리

1   거의 모든 죽음의 역사 • 멜라니 킹

2   나는 에이지즘에 반대한다 • 애슈턴 애플화이트

3   독약의 박물지 • 다치키 다카시

4   만약은 없다 • 남궁인

5   불멸화 위원회 • 존 그레이

6   살인의 심리학 • 데이브 그로스먼

7   살인자들과의 인터뷰 • 로버트 K. 레슬러

8   숨결이 바람 될 때 • 폴 칼라니티

9   슬픈 불멸주의자 • 셀던 솔로몬, 제프 그린버그, 톰 피진스키

10   언데드 백과사전 • 밥 커랜

11   왜 사람들은 자살하는가? • 토머스 조이너

12   우리는 어떻게 죽는가 • 셔윈 B. 놀랜드

13   우리는 언젠가 죽는다 • 데이비드 실즈

14   인류를 구한 12가지 약 이야기 • 정승규

15   인체재활용 • 메리 로치

16   자살의 연구 • 알프레드 알바레즈

17   절멸의 인류사 • 사라시나 이사오

18   죽음이란 무엇인가 • 셸리 케이건

19   진실을 읽는 시간 • 빈센트 디 마이오, 론 프랜셀   ○

20   질병의 탄생 • 홍윤철   ○

외국 소설

1   12월 10일 • 조지 손더스 ○

2   13.67 • 찬호께이 ○

3   2666 • 로베르토 볼라뇨 ○

4   가벼운 나날 • 제임스 설터 ○

5   가아프가 본 세상 • 존 어빙 ○

6   개구리 • 모옌 ○

7   개들조차도 • 존 맥그리거 ○

8   개미 • 베르나르 베르베르 ○

9   건지 감자껍질파이 북클럽 • 메리 앤 섀퍼, 애니 배로스 ○

10   공중그네 • 오쿠다 히데오 ○

11   권태 • 알베르토 모라비아 ○

12   그들 • 조이스 캐롤 오츠 ○

13   그들의 노동에 함께 하였느니라 • 존 버거 ○

14   그리고 죽음 • 짐 크레이스 ○

15   금색 공책 • 도리스 레싱 ○

16   금수 • 미야모토 테루 ○

17   금테 안경 • 조르조 바사니 ○

18   깡패단의 방문 • 제니퍼 이건 ○

19 나는 공산주의자와 결혼했다 • 필립 로스 ○

20 나는 떠난다 • 장 에슈노즈 ○

21 나를 보내지 마 • 가즈오 이시구로 ○

22 나를 찾아줘 • 길리언 플린 ○

23 나의 눈부신 친구 - 나폴리 4부작 • 엘레나 페란테 ○

24 나의 미카엘 • 아모스 오즈 ○

25 나이트메어 앨리 • 윌리엄 린지 그레셤 ○

26 내 말 좀 들어봐 • 줄리언 반스 ○

27 네이키드 런치 • 윌리엄 S. 버로스 ○

28 농담 • 밀란 쿤데라 ○

29 눈 • 막상스 페르민 ○

30 눈먼 암살자 • 마거릿 애트우드 ○

31 다다를 수 없는 나라 • 크리스토프 바타유 ○

32 다섯째 아이 • 도리스 레싱 ○

33 달의 궁전 • 폴 오스터 ○

34 달콤한 노래 • 레일라 슬리마니 ○

35 당신 인생의 이야기 • 테드 창 ○

36 대성당 • 레이먼드 카버 ○

37 도착의 수수께끼 • V. S. 나이폴 ○

38 독일어 시간 • 지크프리트 렌츠 ○

39 떠남 • 앨리스 먼로 ○

40 레볼루셔너리 로드 • 리처드 예이츠 ○

41 레이 브래드버리 • 레이 브래드버리 ○

42 렛미인 • 욘 아이비데 린드크비스트 ○

43 로드 • 코맥 매카시 ○

44 루미너리스 • 엘리너 캐턴 ○

45 리틀 드러머 걸 • 존 르카레 ○

46 마구스 • 존 파울즈 ○

47 마오 II • 돈 드릴로 ○

48 모래의 여자 • 아베 코보 ○

49 몸의 일기 • 다니엘 페나크 ○

50 무의미의 축제 • 밀란 쿤데라 ○

51 미저리 • 스티븐 킹 ○

52 바보들의 결탁 • 존 케네디 툴 ○

53 발자크와 바느질하는 중국 소녀 • 다이 시지에 ○

54 백년보다 긴 하루 • 친기즈 아이트마토프 ○

55 백년의 고독 • 가브리엘 가르시아 마르케스 ○

56 벵갈의 밤 • 미르치아 엘리아데 ○

57 보이지 않는 도시들 • 이탈로 칼비노 ○

58 부서진 사월 • 이스마일 카다레 ○

59 불멸 • 밀란 쿤데라 ○

60 붉은 낙엽 • 토머스 H. 쿡 ○

61 블론드 • 조이스 캐롤 오츠 ○

62 빛과 물질에 관한 이론 • 앤드루 포터 ○

63 사서 • 엔렌커 ○

64 사탄탱고 • 크러스너호르커이 라슬로 ○

65 살아간다는 것 • 위화 ○

66 새벽 세시, 바람이 부나요? • 다니엘 글라타우어 ○

67 새엄마 찬양 • 마리오 바르가스 요사 ○

68 선과 모터사이클 관리술 • 로버트 메이너드 피어시그 ○

69 세계를 재다 • 다니엘 켈만 ○

70 세상의 마지막 밤 • 로랑 고데 ○

71 세월 • 마이클 커닝햄 ○

72 소립자 • 미셸 우엘벡 ○

73 속죄 • 이언 매큐언 ○

74 순교자 • 김은국 ○

75 숨 • 테드 창 ○

76 스토너 • 존 윌리엄스 ○

77 스톤 다이어리 • 캐롤 쉴즈 ○

78 시핑 뉴스 • 애니 프루 ○

79 심플 플랜 • 스콧 스미스 ○

80 싱글맨 • 크리스토퍼 이셔우드 ○

81 아메리칸 러스트 • 필립 마이어 ○

82 아우구스투스 • 존 윌리엄스 ○

83 아우스터리츠 • 빈프리드 게오르크 제발트 ○

84 안드로이드는 전기양의 꿈을 꾸는가? • 필립 K. 딕 ○

85 암스테르담 • 이언 매큐언 ○

86 앵무새 죽이기 • 하퍼 리 ○

87 어두운 상점들의 거리 • 파트릭 모디아노 ○

88 어둠의 왼손 • 어슐러 K. 르 귄 ○

89 언더 더 스킨 • 미셸 파버르 ○

90 에브리맨 • 필립 로스 ○

91 열정 • 산도르 마라이 ○

92 영국 남자의 문제 • 하워드 제이콥슨 ○

93 예감은 틀리지 않는다 • 줄리언 반스 ○

94 오르부아르 • 피에르 르메트르 ○

95 오스카 와오의 짧고 놀라운 삶 • 주노 디아스 ○

96 올리브 키터리지 • 엘리자베스 스트라우트 ○

97 왜 나는 너를 사랑하는가 • 알랭 드 보통 ○

98 우체국 • 찰스 부코스키 ○

99 은밀한 생 • 파스칼 키냐르 ○

100 인 콜드 블러드 • 트루먼 커포티 ○

101 인간 실격 • 다자이 오사무 ○

102 인생 사용법 • 조르주 페렉 ○

103 인생수정 • 너선 프랜즌 ○

104 일어나라! 불면의 밤을 넘어 • 조슈아 페리스 ○

105 잉글리시 페이션트 • 마이클 온다치 ○

106 자기 앞의 생 • 에밀 아자르 ○

107 작은 것들의 신 • 아룬다티 로이 ○

108 잘려진 머리 • 아이리스 머독 ○

109 장미의 이름 • 움베르토 에코 ○

110 저수지 13 • 존 맥그리거 ○

111 제49호 품목의 경매 • 토머스 핀천 ○

112 제5도살장 • 커트 보니것 ○

113 제로 • 이나씨우 지 로욜라 브란당 ○

114 존 치버 단편선집 • 존 치버 ○

115 존재의 세 가지 거짓말 • 아고타 크리스토프 ○

116 종이달 • 가쿠다 미쓰요 ○

117 죽은 군대의 장군 • 이스마일 카다레 ○

118 질식 • 척 팔라닉 ○

119 참을 수 없는 존재의 가벼움 • 밀란 쿤데라 ○

120 책 읽어주는 남자 • 베른하르트 슐링크 ○

121 책상은 책상이다 • 페터 빅셀 ○

122 처녀들, 자살하다 • 제프리 유제니디스 ○

123 체실 비치에서 • 이언 매큐언 ○

124 추락 • 존 쿳시 ○

125 축복받은 집 • 줌파 라히리 ○

126 칠레의 밤 • 로베르토 볼라뇨 ○

127 침묵 • 엔도 슈사쿠 ○

128 침묵의 시간 • 루이스 마르틴 산토스 ○

129 카타리나 블룸의 잃어버린 명예 • 하인리히 뵐 ○

130 크래시 • 제임스 G. 발라드 ○

131 클라라와 태양 • 가즈오 이시구로 ○

132 킨 • 옥타비아 버틀러 ○

133 킵 • 제니퍼 이건 ○

134 태엽 감는 새 • 무라카미 하루키 ○

135 토니와 수잔 • 오스틴 라이트 ○

136 토르는 꽃이 있는 발코니에서 안니를 기다린다 • 티우노 일리루시 ○

137 틸 • 다니엘 켈만 ○

138 팅커, 테일러, 솔저, 스파이 • 존 르카레 ○

139 파워 오브 도그 • 토머스 새비지 ○

140 파이 이야기 • 얀 마텔 ○

141 포트노이의 불평 • 필립 로스 ○

142 프랑스 중위의 여자 • 존 파울즈 ○

143 프로젝트 헤일메리 • 앤디 위어 ○

144 핏빛 자오선 • 코맥 매카시 ○

145 핑거스미스 • 세라 워터스 ○

146 한 톨의 밀알 • 응구기 와 티옹오 ○

147 한밤의 아이들 • 살만 루슈디 ○

148 한없이 투명에 가까운 블루 • 무라카미 류 ○

149 해변의 카프카 • 무라카미 하루키 ○

150 해설자들 • 월레 소잉카 ○

151 화이트 타이거 • 아라빈드 아디가 ○

152 화차 • 미야베 미유키 ○

153 환상의 빛 • 미야모토 테루 ○

154 황금 물고기 • J. M. G. 르 클레지오 ○

155 황금방울새 • 도나 타트 ○

156 휴먼 스테인 • 필립 로스 ○

한국 소설

1   7년의 밤 • 정유정   ○

2   가정법 • 오한기   ○

3   갈팡질팡하다가 내 이럴 줄 알았지 • 이기호   ○

4   검은 꽃 • 김영하   ○

5   경마장 가는 길 • 하일지   ○

6   고래 • 천명관   ○

7   관촌수필 • 이문구   ○

8   구경꾼들 • 윤성희   ○

9   국경시장 • 김성중   ○

10 그들에게 린디합을 • 손보미   ○

11 그믐, 또는 당신이 세계를 기억하는 방식 • 장강명   ○

12 김 박사는 누구인가? • 이기호   ○

13 깊은 강은 멀리 흐른다 • 김영현   ○

14 나는 유령작가입니다 • 김연수   ○

15 내 몸은 너무 오래 서 있거나 걸어왔다 • 이문구   ○

16 내 생에 꼭 하루뿐일 특별한 날 • 전경린   ○

17 너무 한낮의 연애 • 김금희   ○

18 누가 커트 코베인을 죽였는가 • 김경욱   ○

19 달궁 • 서정인 ○

20 달려라, 아비 • 김애란 ○

21 머리부터 천천히 • 박솔뫼 ○

22 무진기행 • 김승옥 ○

23 물 • 김숨 ○

24 밤은 노래한다 • 김연수 ○

25 백의 그림자 • 황정은 ○

26 비명을 찾아서 • 복거일 ○

27 비밀의 문 • 구효서 ○

28 비행운 • 김애란 ○

29 빛의 제국 • 김영하 ○

30 사람의 아들 • 이문열 ○

31 사랑의 생애 • 이승우 ○

32 삼미 슈퍼스타즈의 마지막 팬클럽 • 박민규 ○

33 삿뽀로 여인숙 • 하성란 ○

34 새의 선물 • 은희경 ○

35 생의 이면 • 이승우 ○

36 샤갈의 마을에 내리는 눈 • 박상우 ○

37 설계자들 • 김언수 ○

38 소년이 온다 • 한강 ○

39 쇼코의 미소 • 최은영 ○

40 순이 삼촌 • 현기영 ○

41 식물들의 사생활 • 이승우 ○

42 신의 궤도 • 배명훈 ○

43 악기들의 도서관 • 김중혁 ○

44 안녕 주정뱅이 • 권여선 ○

45 어떤 작위의 세계 • 정영문 ○

46 에리직톤의 초상 • 이승우 ○

47 연년세세 • 황정은 ○

48 완전한 영혼 • 정찬 ○

49 외딴방 • 신경숙 ○

50 유년의 뜰 • 오정희 ○

51 은어낚시통신 • 윤대녕 ○

52 의인법 • 오한기 ○

53 일층, 지하 일층(1F/B1F) • 김중혁 ○

54 자정의 픽션 • 박형서 ○

55 작별하지 않는다 • 한강 ○

56 저기 소리 없이 한 점 꽃잎이 지고 • 최윤 ○

57 죽음의 한 연구 • 박상륭 ○

58 지상의 노래 • 이승우 ○

59 짐승의 시간 • 김원우 ○

60 채식주의자 • 한강 ○

61 초록빛 모자 • 김채원 ○

62 칼의 노래 • 김훈 ○

63 큰 늑대 파랑 • 윤이형 ○

64 태백산맥 • 조정래 ○

65 태연한 인생 • 은희경 ○

66 투명인간 • 성석제 ○

67 파씨의 입문 • 황정은 ○

68 풀밭 위의 돼지 • 김태용 ○

69 풍금이 있던 자리 • 신경숙 ○

70 한없이 낮은 숨결 • 이인성 ○

71 협궤열차 • 윤후명 ○

72 혼불 • 최명희 ○

73 홀 • 편혜영 ○

74 황제를 위하여 • 이문열 ○

75 희랍어 시간 • 한강 ○

한국 시

1 가재미 • 문태준 ○

2 고요는 도망가지 말아라 • 장석남 ○

3 구관조 씻기기 • 황인찬 ○

4 그녀에게 • 나희덕 ○

5 나는 바퀴를 보면 굴리고 싶어진다 • 황동규 ○

6 나는 잠깐 설웁다 • 허은실 ○

7 나의 사랑은 나비처럼 가벼웠다 • 유하 ○

8 나의 칼 나의 피 • 김남주 ○

9 내 기억의 청동숲 • 김철식 ○

10 내가 만난 시와 시인 • 이문재 ○

11 뒹구는 돌은 언제 잠 깨는가 • 이성복 ○

12 ㄹ • 성기완 ○

13 물고기 마음 • 루시드폴 ○

14 사평역에서 • 곽재구 ○

15 새들도 세상을 뜨는구나 • 황지우 ○

16 시차의 눈을 달랜다 • 김경주 ○

17 오늘 아침 단어 • 유희경 ○

18 이 시대의 사랑 • 최승자 ○

19 입 속의 검은 잎 • 기형도 ○

20 즐거운 일기 • 최승자 ○

21 희지의 세계 • 황인찬 ○

닥치는 대로 끌리는 대로 오직 재미있게
이동진 독서법

초판 1쇄 발행 2017년 6월 15일
개정증보판 1쇄 발행 2022년 5월 31일 **개정증보판 6쇄 발행** 2024년 8월 7일

지은이 이동진
펴낸이 최순영

출판1 본부장 한수미
라이프 팀

펴낸곳 ㈜위즈덤하우스 **출판등록** 2000년 5월 23일 제13-1071호
주소 서울특별시 마포구 양화로 19 합정오피스빌딩 17층
전화 02) 2179-5600 **홈페이지** www.wisdomhouse.co.kr

ⓒ 이동진, 2022

ISBN 979-11-6812-327-4 03800